죽인 남편이 돌아왔습니다

BOOK PLAZA

사쿠라이 미나

권하영 옮김

죽은 남편이 돌아왔습니다

BOOK PLAZA

목차

프롤로그

◆

핸들을 쥔 손이 떨려왔다.

산길을 내려가는 진동, 긴장을 풀 수 없는 연이은 커브 길.

그 때문에 손이 떨리는 것이라 생각하고 싶었지만 포장 도로에 들어서도, 빨간불에 차를 세워도 손의 떨림은 잦아들지 않았다.

"어떡하지…"

그 이유는 나도 안다.

나는 손바닥을 내려다보았다.

내가 무슨 짓을 했나 싶은 후회와 드디어 끝났다는 안도감.

핸들에 이마를 대고 눈을 감자, 소리와 아픔을 동반한 기억이 선명하게 되살아났다.

고함과 함께 날아오던 주먹과 발차기를 맞을 때마다 나는 조금씩 생각할 힘을 잃었다.

계속 참다 보면, 언젠가 처음 만났을 때처럼 다정한 말을 해줄지도 모른다고 생각했다. 하지만 그건 헛된 망상이었다. 그런 날은 오지 않았다.

신호등에 파란불이 들어오자 나는 액셀을 밟았다. 자동차가 천천히 속도를 높였다.

평탄한 길이 나왔지만 역시나 내 손의 떨림은 멈추지 않았다.

라디오를 켜자 밝은 배경음악과 함께 여자 연예인이 쾌활하게 청취자들의 문자를 읽어주는 소리가 흘러나왔다.

'최근에 사귀는 사람이 생겼는데요. 그 사람이 아직 저를 이름으로 불러주지 않네요. 어떻게 하면 제 이름을 불러줄까요? 라고 보내주셨네요. 좋겠다. 정말 풋풋해요!'

과거의 나였다면 웃었겠지만, 지금은 부럽다는 생각밖에 들지 않았다. 간질간질한 사랑의 시작은 이미 먼 옛날 일이었다.

"이름…이라…."

—마나.

귓가에 남은 그 소리는 달콤한 목소리가 아니었다. 그가 절벽에서 떨어지던 순간 놀람과 증오를 담아 외치던 소리였다.

나는 절벽에서 남편을 밀었다.

나는 남편을 죽였다.

제
1
장

◆

"마나 씨, 스즈쿠라 마나 씨."

뒤에서 들려온 목소리에 마나의 손이 멈추었다. 마나가 뒤를 돌아보니 상사가 얼굴을 찌푸린 채 등 뒤에 서 있었다.

"아무리 바빠도 그렇지, 내가 얼마나 불렀는지 알아?"

"죄송합니다."

"아냐. 지금 그게 중요한 게 아니고, 앞으로 20분 안에 끝낼 수 있겠어?"

"끝내겠습니다."

상사도 초조한 모양이었다. 마나는 담당 업무가 훨씬 많으면서도 후배를 걱정해주는 상사에게 고마웠다. 이 순간에도 기한은 계속 다가왔다.

마나의 회사는 주 고객층이 30대 여성인 의류 업체로, 8년 전에 여자 사장이 세운 곳이었다. 직원의 남녀비율은 1 대9로 여자가 압도적으로 많았고 조금 전 마나를 걱정해준 상사 역시 여자였다.

브랜드 콘셉트는 '한 단계 더 나아간 디자인'이라 누구나 쉽게 소화할 수 있는 옷을 파는 회사는 아니었다. 현재는 편집숍 몇 군데에 제품을 납품하지만 매출은 온라인 판매의 비중이 높았다.

마나의 주요 업무는 상품 기획과 디자인인데, 작은 회사라 직원 간 역할이 분명하게 구별되지는 않았다. 지금 직원들이 분주한 이유는 거래처가 파산하는 바람에 발주한 원단을 구할 수 없게 되어서였다. 똑같은 원단을 똑같은 가격에 구하기는 쉽지 않지만, 오늘 안에 적절한 대안을 마련하지 못하면 약속한 날짜까지 제품을 출하할 수 없다.

키보드를 두드리는 손에 긴장감이 흐르는 가운데 마나는 기한을 4분 남겨두고 작업을 마쳤다. 한고비를 넘은 덕에 경직되었던 회사의 분위기가 누그러졌다.

"끝났다…"

"수고했어. 마나 씨가 여러 업무를 커버할 수 있게 된 덕에 살았어. 왜 하필 타니무라 씨가 일찍 퇴근한 날에 이런 일이 생기냐…"

타니무라는 마나가 갓 입사했을 때 사수로서 일을 가르쳐준 선배였다. 이번 문제가 터지기 직전에 어린이집에서 아이가 아프다는 연락을 받고 일찍 퇴근했다. 입사 5년 차인 타니무라는 당연히 마나보다 일을 잘했지만 어린 자녀가 있어서 시간을 융통성 있게 사용할 수 없었다. 그래서인지 아직 일처리가 서툰 마나에게 주어지는 업무가 점점 늘어났다.

한고비를 넘었다고는 하나, 예상 밖의 일을 수습한 게 전부라 통상적으로 해야 하는 업무는 여전히 남아 있었다. 결국 마나는 다시 컴퓨터 앞으로 향했다.

"근데 마나 씨, 호다카 씨 말이야."

"아…. 네."

그 이름을 들은 마나는 불쾌함을 감출 수 없었다. 상사는 미간을 찌푸리며 걱정스러운 표정을 지었다.

"괜찮아? 타니무라 씨가 그러던데, 그 사람이 마나 씨한테 집적댄다며?"

타니무라가 상사에게 귀띔을 했다는 얘기에 마나는 안심했다. 하지만 이야기는 그걸로 끝나지 않았다.

"아직 실질적으로 피해를 보지는 않았지만…. 조금 집요한 느낌은 있어요."

호다카는 일을 하다가 알게 된 남자였다. 마나가 타니무라를 보조하러 회의에 참석했을 때 안면을 튼 사람이었는데, 그는 요즘 타니무라가 아니라 마나에게 직접 연락을 주었다. 대외적으로는 타니무라가 공사다망해서 연락이 되지 않는다는 이유를 댔지만, 사실은 다른 꿍꿍이가 있는 것이 분명했다. 호다카는 마나에게 일 이외의 연락을 할 때가 더 많았다. 연락만 하는 것이면 그나마 낫겠는데, 마나와 '우연히' 마주치는 경우가 점점 늘어났다. 어제 아침에도 출근길에 '우연히' 마주쳤고, 그저께도 회사 근처에서 점심을 먹다가 또 '우연히' 마주쳤다. 마나의 개인 번호로 직접 '업무 연락'도 했다. 급하지도 않고 30초면 끝나는 이야기를 하고는 그 뒤로 5분 넘게 통화를 질질 끌었다.

상사는 팔짱을 끼고 "난감하네." 하며 곤란한 표정을 지었다.

"타니무라 씨는 기혼이고 마나 씨는 미혼이라 마나 씨랑 가까워지고 싶어하는 것 같은데, 그 아저씨는 어린 여자가 자기를 상대해 줄 거라고 진심으로 믿는 건가? 마나 씨한테 남자친구가 있으면 포기할 것 같긴 하지만, 상대가 싫어하는 걸 모를 정도로 눈치가 없나?"

상사의 신랄한 말에 마나는 실소를 터뜨렸다.

"저 어린 여자 아니에요. 벌써 스물여덟이잖아요."

"무슨 소리야? 그 아저씨는 거의 마흔이잖아. 자기 위치가 위라고 생각하니까 그렇게 세게 나오는 거겠지만, 사실 이건 말이 안 되지."

상사는 면목이 없다는 듯 "미안해."라고 말하며 고개를 숙였다.

"지금 우리 회사는 그쪽에 싫은 소리를 할 수 없는 입장이야. 그래도 너무 귀찮게 굴면 말해. 물론 마나 씨 잘못이 아닌 건 알지만, 담당자를 바꿀 수는 있으니까."

"네…"

회사 차원에서는 그 이상의 대응을 할 수 없음을 알기에 마나는 "감사합니다."라고 말할 수밖에 없었다.

회사에 문제가 있었던 것치고는 생각보다 일찍 퇴근할 수 있었다. 그러나 시간은 이미 오후 여덟 시를 넘겼다. 정말 늦게 퇴근할 때는 막차 시간까지 회사에 남기도 했는데, 오늘은 조금 더 일찍 집에 들어가고 싶었다.

그래도 지금의 삶은 거의 다 만족스러웠다. 월급이 풍족하지는 않았지만, 도쿄에 온 뒤로는 누군가에게 자유를 속박당할 일이 없었다. 어떤 일을 할지, 어디서 살지, 모든 것을 스스로 선택할 수 있는 삶은 그 무엇과도 바꿀 수 없었다.

집에서 가장 가까운 역에 도착하자 마나는 걸음을 재촉했다.

일에는 불만이 없었지만 집에 대한 만족도는 그리 높지 않았다. 지금 마나가 사는 빌라는 대학 시절부터 살던 곳으로, 역에서 도보 20분 거리에 있어 12월쯤이 되면 집에 들어가는 길이 몹시 추웠다. 딱히 치안이 나쁘지는 않았으나, 좋지도 않았다. 월세가 싸고 넓어서 고른 집이라 감안하고 살면서도 불편한 것은 사실이었다. 게다가 주변이 주택가라 밤이 되면 인적이 드물었다. 가로등도 많지 않아 늦게 귀가할 때면 불안하고 무서웠다.

"이사하고 싶다…."

가능하면 역과 가까운 곳으로. 가능하면 지금보다 신축 건물로. 가능하면 환승 없이 출근할 수 있는 곳으로. 집 근처에 편의점이 있으면 더 좋겠다. 그리고 넓은 방과 수납공간…. 조건을 붙이기 시작하니 끝이 없었다. 그러면 당연히 월세가 비싸진다. 허전한 통장 잔고를 생각하면 당분간 이사는 단념해야겠다고 밤길을 걸을 때마다 생각했다.

무사히 빌라 앞에 도착하자 마나는 가방에서 열쇠를 꺼내 열쇠 구멍에 넣었다.

"마나 씨."

뒤에서 들려온 목소리에 마나의 손이 멈추었다. 아는 목소리였다. 마나는 오른손에 든 빌라 열쇠를 바지 주머니에 넣고 조심스럽게 뒤를 돌아보았다.

"마나 씨 맞네. 이 동네 사셨구나."

호다카가 왜 여기에…?

가로등에 비친 호다카의 미소를 보자 마나는 등골이 오싹해졌다.

"와, 마침 이 근처에 볼일이 있어서 지나가던 길인데 닮은 사람인 줄 알았어요. 우연이네요."

우연일 리가 없다. 호다카가 마나의 뒤를 밟은 것이 분명했다.

회사 주변에서 따라다니는 것은 그렇다 쳐도, 집까지 쫓아올 줄은 몰랐다. 마나의 반응이 시큰둥하자, 호다카는 강경책을 쓰기로 한 모양이었다.

호다카가 거리를 좁혀왔다. 마나는 주머니 속에 든 열쇠를 꽉 쥐었다.

빌라 입구를 열 수는 있었지만, 그렇게 되면 호다카가 집 안까지 들어올 가능성이 있었다.

혼자 사는 마나 입장에서 호다카가 밖에 있는 것보다 집 안으로 들어오는 것이 훨씬 위험했다. 빌라 주변에는 지나다니는 차도 적었다. 가장 가까운 편의점까지는 뛰어서 10분. 파출소까지는 15분이 걸린다. 도중에 행인의 도움을 받을 수 있으면 다행이겠지만 그때까지 잡히지 않을 수 있을지, 또는 도움을 받을 수 있을지, 확신할 수 없었다.

이웃집 창문은 모두 컴컴했다. 애초에 이웃들과 교류한 적이 없으니 도움을 받을 수 있을지도 의문이었다.

"마나 씨, 저녁 먹었어요? 이렇게 만난 것도 인연인데 같이 저녁 먹을래요?"

"제가 지금 피곤해서요."

"그럼 마나 씨네 집에서 먹어요. 전 그래도 괜찮아요."

"아니요…."

"제가 이래 봬도 요리를 잘하거든요. 남자 혼자 자취를 오래 해서 예쁘게는 못 만들어도 맛은 보장해요."

"괜찮아요."

"잘됐다. 그럼 문 열어주세요."

"그런 의미로 괜찮다는 게 아니고…"

"계속 서서 얘기하기는 그러니까 얼른 문 열어줘요. 안에서 얘기해요."

짜증이 올라왔다. 마나의 목소리가 날카로워졌다.

"좀 돌아가 주실래요?"

"네? 아, 많이 피곤하죠? 그러니까 제가 요리해드릴게요. 아니면 빨래도 할까요? 물론 청소도 할게요."

마나는 호다카가 자신의 옷을 만지고 방을 돌아다니는 장면을 상상한 것만으로도 소름이 돋았다.

"그런 거 부탁한 적 없어요!"

"너무 사양할 필요 없어요. 혹시… 부끄러워서 그래요? 아, 그렇죠. 남자를 처음 집에 들일 땐 조금 망설여지죠. 알겠어요, 이해해요. 근데 전 그런 거 신경 안 써요."

같은 언어로 말하고 있는데도 영원히 말이 통할 것 같지 않았다. 마나는 강하게 말했다.

"계속 이러면 소리 지를 거예요!"

호다카는 순간 놀란 표정을 짓더니 갑자기 다가와서 마

나의 주머니에 손을 집어넣었다.

"뭐 하는…!"

"알았어요. 지금 열어줄게요."

호다카의 왼손에는 마나의 집 열쇠가 들려 있었다.

다시 뺏어야 한다. 마나는 그렇게 생각했지만, 호다카의 오른손에 세게 붙잡히고 말았다. 호다카의 손가락이 팔뚝을 파고들어 아팠다.

안 돼. 무서워. 도망쳐야 해. 근데… 어디로 가지?

마나의 집은 여기였다. 도망칠 곳이 없었다. 마나가 도망칠 수 있는 곳 따위는 어디에도 없었다.

호다카가 문손잡이에 열쇠를 집어넣었다.

"그 손 놔!"

그 목소리와 함께 어떤 남자가 다가왔다. 호다카의 손이 마나를 놓았나 싶더니 어느새 남자가 호다카의 팔을 붙잡고 있었다.

"이 여자한테서 떨어져!"

호다카보다 머리 하나가 큰 그 남자는 박력이 넘쳤다. 큰 키뿐만 아니라 목소리에서도 위압감이 느껴졌지만, 아무튼 마나의 머릿속은 '살았다'는 생각으로 가득했다.

"상관없는 놈은 빠져!"

"…난 상관있는 놈이거든."

남자는 호다카의 손에서 마나의 집 열쇠를 빼앗았다. 가로등 불빛이 남자를 비추자, 그 얼굴이 또렷이 보였다.

마나는 심장이 멈출 뻔했다.

너무 놀란 나머지 말은커녕 목소리도 나오지 않았다.

어두운 탓에 바로 알아보지는 못했지만, 그는 마나가 잊으면 안 되는 사람이었다. 마나는 시선을 떼지 못하고 그의 얼굴을 빤히 쳐다봤다.

"괜찮아? 귀신이라도 본 얼굴이네. 설마 남편 얼굴을 잊어버린 건 아니지?"

호다카가 깜짝 놀란 듯 "남편?" 하면서 한 옥타브 높은 목소리로 외쳤다.

"마나 씨, 유부녀였어?! 그런 말 한 적 없잖아! 반지도 안 꼈고!"

마나도 자신이 잘못 본 것이든가, 자신의 기억이 틀린 것이면 좋겠다고 생각했다. 또는 이게 다 악몽이면 좋겠다고 생각했다.

하지만 지금은 현실이었고, '남편'은 마나에게 말했다.

"오랜만에 봤으니 당연히 놀랐겠지."

마나는 전속력으로 뛰었을 때처럼 숨이 차고 손이 떨렸다.

줄곧 이런 날이 올까 봐 두려웠다. 하지만 이상하게도

한편으로는 이런 날이 올 것을 각오하고 있었다.

"그렇게 놀랄 것 없잖아. 우리는 부부니까."

마나가 마지막으로 남편을 본 건 지금으로부터 약 4년…, 아니, 5년 전이었다.

호다카와 남편. 마나는 두 사람의 얼굴을 번갈아 보았다. 두 사람 다 마나에게 위험한 존재였지만, 어느 쪽이 더 위험한지는 생각할 필요도 없이 분명했다.

"부부라니, 그게 무슨 소리야!"

욱하는 호다카의 말에 남편이 가볍게 대답했다.

"마나가 유부녀라는 말이지."

"그럴 리가 없어! 마나 씨! 아니지?"

마나도 알 수가 없었다. 남편은 절벽에서 떨어졌다. 죽은 줄로만 알았다.

하지만 남편은 지금 눈앞에 있고, 마나의 어깨를 감싸 안았다.

"다녀왔어—. 마나."

어깨에 닿는 감촉, 이름을 부르는 목소리. 마나는 지금이 꿈이 아님을 실감했다.

"…어서 와요."

"설명은 충분히 된 것 같은데, 이제 방해하지 말고 가시지? 둘이서 오붓하게 얘기를 나누고 싶거든."

남편은 호다카가 무슨 벌레라도 되는 양 두 손을 휘휘 저으며 쫓아냈다.

"그게 무슨 헛소리야? 내가 그딴 말을 믿을 줄 알고?!"

호다카가 믿지 못하는 것도 당연했다. 마나 역시 믿을 수 없으니 말이다. 마나는 호다카보다 더 이 상황이 꿈이기를 바랐다.

그러나 이 사람은 "다녀왔어—. 마나."라고 말했다. 그런 말을 하며 돌아올 사람은 한 명밖에 없었다.

마나가 말없이 있자, 호다카는 남편을 한 번 노려보고는 자리를 떴다.

호다카가 사라지자 공기가 달라지는 듯했다. 하지만 분위기가 가벼워진 것은 아니었다. 음습한 기운은 없어졌지만, 그만큼 산소 농도가 옅어진 듯 숨쉬기가 힘들었다.

"계속 여기 서서 얘기하기는 그러니까 슬슬 안으로 들어갈까?"

"…네."

마나는 호다카와 똑같은 말을 하는 남편을 다시 물끄러미 쳐다보았다. 다정해 보이는 이 얼굴이 기억 속에 또렷이 남아 있었다.

남편 스즈쿠라 카즈키가 틀림없었다.

"흠…. 이런 집에서 사는구나."

카즈키가 집 안을 둘러보았다. 부엌과 방 하나가 전부인 원룸이라 구경할 것도 없었지만, 그는 흥미로운 표정으로 책장과 서랍장을 둘러보았다.

마나의 집은 현관에서 들어오면 바로 부엌이 나오는 구조라 화장실과 욕실은 통로와 붙어 있지 않았다. 모양이 복잡한 땅 위에 지어진 빌라라서 건물의 형태도 복잡했다. 반듯한 사각형이 아닌 대신 방이 약간 넓었다.

"차를 내올 테니 여기 앉아 있어요."

작은 좌식 테이블 앞에 방석을 두자, 카즈키는 "예의는 아닌데 무릎이 아파서."라고 말하며 오른쪽 다리를 펴고 앉았다.

기껏해야 가스레인지에 주전자를 올리는 것뿐이었지만 옆에서 카즈키의 기척이 느껴지니 마나는 긴장이 되었다. 컵을 준비하면서 마나는 바쁘게 머리를 굴렸다.

집에서 쫓아내…기는 어렵다. 이미 집 주소를 들킨 데다, 앞뒤 사정이야 어떻든 그는 마나의 '남편'이다. 호다카와는 다르다. 그보다 그가 왜 이제서야 모습을 드러냈는지를 알아야 했다.

"5년 동안 어떻게 지냈어요?"

"…어?"

"지금까지 어디 있었어요? 갑자기 여기에 찾아온 이유가 뭐예요?"

말하고 싶지 않은지, 카즈키는 입을 다물고 있었다. 하지만 이유를 꼭 알고 싶었던 마나는 계속해서 질문했다.

"물론 남편이 아내를 찾아오는 건 보통 당연한 일이지만…."

침묵이 이어지다가, 잠시 후 카즈키가 복잡한 표정으로 입을 열었다.

"부부인데 왜 존댓말을 써? …마나는 원래 그런 말투로 얘기했어?"

마나는 순간 긴장했던 것도 잊고 "네?"라고 짧게 목소리를 높였다.

"나… 기억이 없어."

이상함을 감지한 마나는 차를 준비하던 손을 멈추고 카즈키 맞은편에 앉았다.

"그게 무슨 말이에요?"

"방금 말한 대로 나는 옛날 기억이 없어. 기억상실증이야."

마나가 너무 놀라 질문을 이어가지 못하는 동안, 카즈키는 설명을 시작했다.

"의학적으로는 건망증이나 기억장애라고 하는 것 같은

데, 내 이름을 기억해낸 건 반년 전이고 마나를 기억해낸 건 바로 얼마 전이야."

"…거짓말이죠?"

"그야…, 아, 물 끓는다."

주전자 주둥이에서 김이 올라왔다. 마나는 하얀 김을 뿜어내는 주전자와 카즈키를 번갈아 보았다.

"목말라."

마나는 체념하며 부엌으로 향했다. 가스레인지 불을 끄고 차를 준비해서 돌아오니 카즈키가 서글서글한 얼굴로 히죽거리며 마나를 쳐다보았다.

"…왜 그래요?"

"마나가 차를 타주니까 좋아서."

"기억상실증이라고 하지 않았나요…?"

"음…. 그건 그렇지."

카즈키는 변함없이 실실거렸다. 마나를 시험하는 것인지 정말로 기억상실증인지 알 수 없어 마나는 어떤 태도를 취해야 할지 정하기가 어려웠다.

마나가 알던 스즈쿠라 카즈키는 매우 폭력적인 사람이었다. 원래 이렇게 온화한 말투로 이야기하지도 않았고, 조금이라도 기분이 상하면 언제 폭력을 휘두를지도 알 수 없었다. 그래서 마나는 늘 주눅이 들어 있었고 그의 심기를 건드리지 않으려고 말 한마디 한마디를 조심했다. 하지만 어떤 이야기가 그의 심기를 건드리는지는 명확하지 않았다. 방금까지는 괜찮던 화제도 몇 분 후에는 기폭장치가 되어 그를 화나게 했다. 속마음을 읽지 않는 이상 상대방이 원하는 대로 행동하기는 불가능했기에 당시의 마나는 점점 '생각'이라는 것을 할 수 없게 되었다.

"목숨이 붙어 있는 게 천만다행이야. 보통은 즉사했을 거래."

카즈키는 즉사라는 말을 입에 담으면서도 차분하게 차를 마셨다.

수상한 느낌은 없었지만, 그 말을 그대로 믿기는 어려웠다. 마나는 질문을 바꾸기로 했다.

"카즈키 씨는 어떤 게 기억나고, 어떤 게 기억나지 않는 거예요?"

"마나는 왜 존댓말을 써?"

"질문에 질문으로 대답하지 마세요."

"하지만 궁금하잖아. 혹시 내가 그렇게 하라고 시켰어? 존댓말을 쓰지 않으면 화냈어?"

존댓말을 쓰지 않는다고 카즈키가 화를 내지는 않았을 것이다. 다만 마나는 조금이라도 더 몸을 사리며 조심하려고 했던 것 같다.

그러나 지금의 카즈키는 위험한 분위기를 풍기지 않았다.

"지금의 나는 예전의 내가 어땠는지 모르지만 편하게 얘기해줘. 뭐, 결국엔 마나가 하고 싶은 대로 하면 되지만. 내가 억지로 반말을 쓰라고 하면 그것도 또 느낌이 다르니까."

마나는 경계하면서도 알겠다고 말했다. 하지만 당분간 이 거리감을 좁힐 생각은 없었다.

"다치고 나서는 어떻게 지냈어요?"

"병원으로 실려 간 뒤에 10개월 정도 혼수상태였대. 당시 난 의식이 없었으니까 뭐가 어땠는지 모르겠지만…. 여러모로 힘들었다나 봐."

"남 일처럼… 말하네요."

카즈키는 외국 드라마에 나오는 등장인물처럼 가볍게 어깨를 으쓱였다.

"혼수상태였으니까 그 부분은 그러려니 해줘. 주변 상황을 이해할 수 있을 만큼 회복하기까지는 그 뒤로 또 10개월 정도 걸렸어. 대략 2년 정도는 머리도 몸도 제대로 움직이지 않는 상태였으니 남 일처럼 느껴질 수밖에 없어."

의심하기 시작하면 끝이 없다. 다만 의식이 없었다는 말이 사실이라면 그동안 연락하지 않은 이유에 대한 대답은 되었다.

"그보다 이 빌라, 보안에 구멍이 너무 많아. 열쇠도 장난 감 수준이고. 왜 이런 데서 살아? 마음만 먹으면 열쇠가 없어도 이런 집에는 쉽게 들어올 수 있어."

호다카를 염두에 두고 하는 말일까. 아니면 자기를 쫓아 내도 소용없다는 뜻으로 하는 말일까. 마나는 그 말의 의 도가 무엇인지 판단이 서지 않았다.

하지만 질문에는 확실하게 대답할 수 있었다.

"월세가 싸고 집이 넓어서요."

"그렇구나…. 그럼 문 잠금장치만이라도 바꾸자. 그런데 마나는 지금 무슨 일 해?"

가르쳐줘도 괜찮을지 잠깐 망설였지만, 이미 집 위치를 들킨 이상 거짓말을 해봤자 금방 들통날 것이 뻔했다. 마 나는 솔직하게 대답하기로 했다.

"의류 관련 일을 해요."

"옷을 파는 거야?"

"아니요. 만드는 쪽…. 디자인 같은 걸 해요. 아직은 주로 보조 역할이지만요."

"그렇구나. 멋지다. 그럼 어떤 옷을 만들어?"

"여성 의류인데…, 제 얘기보다—"

마나가 질문을 꺼내려 하자, 카즈키가 끼어들었다.

"아까 그 남자는 아는 사람이지? 혹시 동료야?"

마나는 '그게 궁금했구나.'라고 생각했다.

"아니요. 동료는 아니에요. 거래처 사람이에요."

마나가 다니는 회사는 요즘 인터넷 판매와 편집숍 납품에 그치지 않고 직영점을 열기 위해 적당한 건물을 찾는 중이었다. 그때 후보에 오른 곳이 조금 전 집까지 찾아온 호다카가 일하는 쇼핑센터 건물이었다. 호다카는 거기서 입점을 관리하는 담당자였다.

회사와 호다카의 관계를 간단히 설명하자, 카즈키는 알겠다며 고개를 숙였다.

"경찰에 신고는 했어?"

"안 했어요."

"왜?"

"…받은 피해가 없으니 경찰은 움직이지 않을 거예요."

사실은 경찰과 연관되기 싫어서였다. 언제 어떻게 과거일이 수면 위로 떠오를지 알 수 없었다. 그리고 만에 하나 과거를 들킨다면―, 마나는 모든 것을 잃게 된다.

카즈키는 고민하듯 신음하면서 자기 머리를 헝클었다.

"마나 말도 맞지만, 그 남자가 집에 들어온 다음에 신고하면 늦어. 분명히 신고만 해도 바뀌는 게 있을 거야. 이런 일은 피해가 커지기 전에 움직여야 결과적으로 더 빨리 해결돼."

카즈키의 말이 옳았다. 경찰에 신고하면 호다카를 막을 수 있을지도 모른다. 하지만 '남편'이 있음을 안 이상 호다카는 더 이상 마나에게 접근하지 않을 것이다.

"그보다 제가 있는 곳은 어떻게 알아냈어요?"

"남편이니까."

"네?"

"위험에 빠진 아내를 구하러 왔지."

마나가 장난치지 말라는 듯 의심스러운 눈빛으로 쳐다보자, 카즈키가 혀를 날름 내밀며 말했다.

"이심전심."

마나가 대답할 힘도 없어 잠시 가만히 있자, 카즈키는 "동사무소."라고 말하며 내막을 밝혔다.

"배우자는 주민등록등본이나 초본을 마음대로 뗄 수 있어."

"아…."

듣고 보니 그랬다. 혼인 관계에 있으면 상대방의 정보를 조회할 수 있었다. 그러나 그렇다면 더더욱 의문이었다.

"갑자기 찾아오기 전에 전화를 해봐야겠다는 생각은 안 했어요?"

"전화번호는 초본에 안 나와."

"그럼 편지는요?"

"편지를 보내고 답장을 기다릴 바에야 직접 오는 게 빠르잖아. 센다이에서 기차만 타면 금방 올 수 있으니까. 그보다 아까부터 듣자 하니 내가 돌아온 게 싫은 거야?"

"아니요. 그런 게 아니라…, 그냥 4년 반… 5년 가까이 연락이 없었으니까 놀라서요."

"하긴…, 5년은 길지."

축 처진 카즈키를 보니 마나는 미안해졌다. 그러나 예전의 카즈키를 생각하면 방심할 수 없었다. 만약 자기가 머물 곳을 구하기 위해 거짓말하는 것이라면….

조금 전에는 호다카 때문에 카즈키를 받아들였지만, 그것이 옳은 선택이었는지 마나는 고민스러웠다.

애초에 호다카가 나타난 타이밍에 딱 맞춰 등장한 것도 우연이 아닐 수 있다. 의문은 점점 커졌지만, 어느 것 하나 해결될 기미는 없었다. 그러나 그 의문들이 단번에 해소되기를 기대하는 것도 욕심이리라.

마나는 다시 남편에게 시선을 던졌다. 다정해 보이는 입매에 속쌍꺼풀이 진 눈. 이제 나이가 서른일 텐데도 어딘가 소년 같은 앳됨을 간직한 얼굴.

하지만 사람을 겉모습으로 판단하면 안 된다는 사실도, 타인을 속이기 위해 다정한 가면을 쓰는 사람이 있다는 사실도 마나는 알고 있었다.

만약 카즈키가 마나를 협박할 건수를 찾고 있는 것이라면, 한 가지만은 확실히 말해둬야 했다.

"저는 일한 지 아직 1년 반밖에 안 돼서 모아놓은 돈이 없어요."

"응? 난 돈 달라고 온 게 아니야."

예전의 카즈키는 이 일, 저 일을 전전하며 빚을 졌다. 심심치 않게 마나에게 돈을 요구하기도 했다.

"남편으로서 아내가 뭘 하는지 궁금한 건 당연한 거고, 같이 있고 싶어 하는 것도 당연한 거잖아."

지갑을 꺼낸 카즈키는 1만 엔짜리 지폐 몇 장을 테이블 위에 올려놓았다.

"당분간 내가 지낼 생활비."

"이런 돈이 어디서 났어요?"

"나쁜 짓 해서 얻은 돈은 아니야."

마나는 그의 말을 믿어도 될지 확신할 수 없었고, 이 돈을 받으면 카즈키의 귀환을 묵인하겠다는 의미로 오해를 받을 것 같았다. 마나가 말없이 지폐를 카즈키 쪽으로 밀자, 카즈키도 똑같이 마나 쪽으로 밀었다. 왔다 갔다 하던 지폐는 이윽고 테이블 위에 아무렇게나 방치되었다. 지폐에서 눈을 돌린 카즈키는 "그런데,"라고 운을 떼며 화제를 바꾸었다.

"마나는 언제 센다이에서 도쿄로 온 거야?"

마나는 말문이 막혔다.

물론 그때를 잊은 것은 아니다. 오히려 기억상실증에 걸려 그때의 기억만 사라지면 좋겠다는 생각을 할 정도로 생생하게 떠올랐다. 하지만 소리를 내서 말하려고 하니 목이 멘 듯 괴로웠다. 그래서 "그 일 직후에…."라고만 대답한 뒤더는 말을 잇지 못했다.

"아…."

카즈키는 마나의 말을 어느 정도 이해한 듯했다. 그 당시에는 의식이 없었다고 하지만, 동일본대지진이 있었다는 이야기는 들어봤을 테니 그때의 상황을 쉽게 상상할 수 있을 것이다.

"제 얘기는 이만하고, 다른 건요? 아무것도 생각이 안나요? 기억이 없어서 생활할 때 불편한 점은 없어요?"

"빨간불일 때 길을 건너면 안 된다든가, 그런 건 기억나. 역사 연표 같은 건 잘 모르겠지만. 이를테면 내가 퀴즈쇼를 보면서 답을 외치지 못하는 이유가 원래 멍청해서인지, 기억이 없어지는 바람에 멍청해져서인지는 알 수가 없어. 당연한 말이지만."

"부상은 어느 정도였어요? 혼수상태였다는 건 알겠는데,

기억장애 말고 다른 후유증은요?"

"온몸이 군데군데 골절됐다고 하던데, 치료는 의식이 없을 때 거의 다 끝났어. 의식이 없었으니 당연히 계속 누워만 있었고, 그래서 의식이 돌아온 뒤에도 한동안은 침대에서 일어나기도 힘들었어. 재활도 꽤 많이 했지. 겉으로 봐서는 잘 모르겠지만, 지금도 완전히 멀쩡한 상태는 아니야. 이 다리도… 컨디션이 나쁘면 쑤시거든. 사실 조금 전에도 그 남자가 주먹이라도 날리면 어떡하나 싶었어."

생사를 오가는 부상을 입었는데도 다리에만 눈에 보이는 후유증이 남았다니, 카즈키는 운이 좋았던 것 같다. 적어도 일상생활에는 큰 문제가 없는 듯하다.

"그러는 마나는 옛날부터 옷을 좋아했어? 센다이에 있을 때도 같은 일을 했어?"

"아니요. 도쿄에 온 이후부터 의류 쪽 일을 시작했어요."

패션업계에서는 절대 초짜를 써주지 않는다. 경력이 없으면 학교에서 배울 수밖에 없어 야간 전문학교에 다녔다.

카즈키에게 그 이야기를 하자, 그는 복잡한 표정을 지었다.

"센다이에서는 무슨 일을 했어?"

어디까지 설명하면 좋을까. 가능하다면 그 당시의 일은 기억하고 싶지 않았다. 하지만 안타깝게도 마나는 카즈키처럼 정말로 기억을 잊을 수는 없었다.

마나가 우물쭈물하자, 카즈키는 각오를 굳힌 듯 "저기."
라고 말했다.

"내가 그렇게 나쁜 놈이었어?"

"네?"

카즈키가 고개를 떨구었다.

"예전의 나는 어땠어? 마나가 대화하기 싫어할 정도로
나쁜 놈이었어?"

"그건…."

"옛날 일이지만, 어쨌든 내 일이니까 숨기지 말고 얘기해
줘."

카즈키에게 기억이 있다면 다시 들추고 싶은 이야기는
아닐 것이다. 아니면 애초에 죄책감이 없어서 뻔뻔하게 물
어볼 수 있는 것일지도 모른다.

마나는 카즈키의 반응을 살피며 입을 열었다. 처음에는
다정했던 것, 하지만 살림을 합친 뒤에 갑자기 돈이 필요
해진 카즈키가 자기 친구에게 마나를 하룻밤 판 것, 임신
사실을 알고는 혼인신고를 한 것, 혼인신고 직후에 폭력적
으로 변한 것, 여자관계가 복잡했던 것.

역사 교과서를 읽듯 담담하게 설명했다. 그래야 그나마
쉽게 이야기를 이어나갈 수 있었다.

또 어떤 일이 있었는지 기억을 더듬는데, 카즈키의 표정이 귀신이라도 본 사람처럼 딱딱하게 굳었다.

카즈키는 목소리를 쥐어짜듯 말했다.

"그래서 내가 돌아왔을 때 기뻐하지 않고 놀라기만 했구나. 그야 당연하지. 폭력을 휘두르고 심지어… 미안해. 내가 한 짓이지만, 나 자신이 그런 인간이었다고 생각하니까 아무리 사고를 당했어도 그렇지, 어떻게 그걸… 태평하게 잊고…."

만약 이것이 연기라면 당장 배우를 시켜야 한다는 생각이 들 정도로 카즈키는 충격을 받은 것처럼 보였다. 목소리까지 떨렸다.

마나는 기억이 없다는 카즈키의 말이 사실일지도 모른다고 생각했다.

갑자기 카즈키가 바닥에 무릎을 꿇었다.

"미안해. 사과해서 끝날 문제는 아니지만, 정말 미안해. 이제 절대 마나를 때리지 않을게. 물론 여자 문제나 돈 문제로도 신경 쓰이는 일 없게 할게. …지금 내가 아무리 말한들 믿기 힘들겠지만, 이제 절대 그런 일 없을 거야. 그러니까 한 번만 더 기회를 줘! 제발, 이렇게 부탁할게. 내 잘못을 바로잡을 기회를 줘."

카즈키가 손에 얼마나 힘을 주었는지 바닥에 짚은 손가

락이 하얗게 변했다. 고개를 더 깊이 숙일 수도 없는데 자꾸만 더 깊숙이 숙이려 해서 목의 각도가 점점 줄어들었다.

성의를 표하려는 의도겠지만, 카즈키가 옛날에 무슨 짓을 했는지 떠올리면 여전히 불안할 수밖에 없었다.

"만약 또 손찌검하면요?"

"그때는 곧바로 경찰에 신고해도 돼. 마나가 용서해줄 때까지 손가락 하나도 안 건드릴게. 맹세해. 아무 짓도 안 할게."

한 지붕 아래 함께 있는 남녀. 게다가 법적으로는 부부인 두 사람.

"그 말을 믿으라고요?"

마나가 무엇을 우려하는지 눈치챘는지 카즈키는 고개를 들어 마나의 눈을 똑바로 쳐다보았다.

"부부니까 더더욱 신뢰 관계가 중요하잖아. …내가 이렇게 말해봤자 설득력은 없겠지만. 딱 한 번이어도 좋아. 한 번만 더 마나와 함께 시간을 보내고 싶어."

카즈키가 필사적이라는 것만은 확실히 느껴졌다. 목숨을 잃을 뻔하고 기억을 잃어서 사고방식까지 바뀐 것일까. ―그럴 가능성이 없지는 않았다.

하지만 그렇다면 한 가지 의문이 남았다.

"기억이 없으니까 억지로 결혼생활을 이어나가지 않아도 되잖아요? 서로 자유롭게…."

"그건 안 돼! 마나 말대로 나는 옛날 기억이 없어. 하지만 내가 이미 결혼한 사실을 안 이상, 예전의 내 삶을 되찾고 싶어. 물론 나쁜 점은 고칠게. 하지만 애써 한 마나와의 결혼을 없던 일로 만들고 싶지는 않아! …내 고집일 뿐이지만."

카즈키는 강경하게 말하나 싶다가도 금세 꼬리를 내렸다. 특히 마지막에 덧붙인 말은 입 안에서 우물거리듯 작게 중얼거렸다.

"그러니까 한 번만 더 기회—."

"알겠어요."

"어?"

"알겠어요. 대신 무슨 일이 생기면 바로 집에서 나가주세요. 알았죠?"

"당연하지! 절대 안 때릴 거야."

기억을 잃으면 사람이 이렇게나 변하는 것일까.

만약 그렇다면—, 그건 그것대로 마나에게는 좋지 않은 상황이었다. 아무튼 두 사람이 부부임은 틀림없었다. 위치가 발각된 이상, 마나는 카즈키의 상태를 지켜보면서 앞일에 대비해야 했다.

그렇다면 평범한 일상을 함께할 수밖에 없었다.

마나는 계속 대화하기가 어색해 분위기를 바꾸려고 일어섰다.

"저녁으로 먹고 싶은 음식 있어요? 냉장고에 재료는 별로 없지만요."

"아무거나 괜찮…다고 하면 여자들이 싫어하던가?"

"싫어하는 여자도 꽤 있지만, 저 같은 경우에는 아무거나 괜찮다고 했으면서 카레라이스를 만들어줬더니 이런 걸 어떻게 먹냐고 상을 엎지만 않으면 괜찮아요."

"으…. 내가 그런 짓도 했어?"

카즈키는 "최악이다."라고 말하며 머리를 싸쥐었다.

"마나는 왜 이런 남자랑 결혼했어…?"

"다 그런 건 아니지만, 결혼 전과 후의 태도가 다른 커플은 흔하잖아요. 방금도 말했다시피 결혼하기 전에는 다정했…어요."

"역시 나는 나쁜 놈이었어."

카즈키가 머리를 싸쥔 채 신음했다.

"그래도 결혼했다는 건 끌리는 점이 있었다는 뜻이지?"

"…긍정적이시네요."

말은 그렇게 했지만, 결혼해도 좋겠다고 생각할 만큼 좋아했음은 확실…했다.

마나는 지금 눈앞에 있는 카즈키를 보고 있자니 마음이 뒤숭숭했다.

"그보다 저녁으로 뭘 먹고 싶은지 아직 못 들었어요."

"아…. 맞다. 그럼 카레라이스. 이번에는 상 엎지 않을게."

"맛없는 카레가 나와도 그 말 번복하지 마세요. 전 요리에 소질이 없거든요."

예상치 못한 공격이었는지 카즈키는 "카레는 누가 만들어도 기본은 하지 않나…?" 하면서 심란한 표정을 지었다.

다음 날. 마나가 "다녀와요." 하면서 카즈키를 배웅한 지 5분쯤 지난 시간이었다. 청소를 한다는 핑계로 집에 남은 마나는 현관문을 잠그고 구석에 놓인 여행 가방에 눈길을 던졌다.

카즈키는 가방 하나만 들고 마나의 집에 찾아왔다. 지금은 갈아입을 옷이 한 벌뿐이라 옷과 생필품을 사야 한다며 조금 전 역 반대편에 있는 상점가에 갔다. 마나의 집에서 상점가까지는 걸어서 편도로 20분이 걸린다. 토요일이라 상점가에는 사람이 꽤 많을 테니 물건을 사서 돌아오려면 적어도 한 시간은 걸릴 것이다. 카즈키의 짐을 확인하려면 지금밖에 시간이 없었다.

하룻밤을 같이 보냈지만, 마나와 카즈키는 다른 이불에서 잠들었고 아무 일 없이 아침을 맞이했다. 남녀가 한 집에 함께 있다 보면 무슨 일이 생겨도 놀랍지 않은 법이다. 게다가 두 사람은 부부였다. 카즈키는 손가락 하나도 건드리지 않겠다고 했지만, 마나는 그를 집에 들인 이상 어떤 일이 생길 수도 있다고 각오를 해둔 상태였다. 하지만 카즈키는 정말로 마나의 손가락 하나도 건드리지 않았다.

희한할 정도로 폭력적인 면이 보이지 않았다. 기억을 잃은 스즈쿠라 카즈키는 과거와 겉모습만 똑같고 속은 전혀 다른 사람 같았다. 그 사람이 정말 남편인지 마나는 다시 의문이 들었다.

여행 가방을 열었다. 안에 들어 있던 옷은 이미 가방에서 꺼내두었다. 그래서 그 안에는 물건이 얼마 없었다.

작은 책 한 권과 스마트폰 충전기, 태블릿 컴퓨터와 카드 지갑 정도였다.

태블릿 컴퓨터를 켜려고 전원 버튼을 눌렀지만, 배터리가 완전히 방전된 모양이었다.

충전을 하면 켜지겠지만, 카즈키가 장을 보고 돌아와서 바로 태블릿 컴퓨터를 본다면 마나가 그의 물건을 건드렸음을 알아차릴 것이다. 그리고 애초에 무언가 중요한 정보가 있다면 이 태블릿 컴퓨터보다는 카즈키가 계속 가지고 다니는 스마트폰에 있을 터였다.

그렇다면 지금 살펴볼 수 있는 것은 카드 지갑뿐이었다.

가죽으로 된 카드 지갑은 꽤 오래 사용한 물건인지 가장 자리가 낡아 허연 상태였다. 마나는 천천히 카드 지갑을 열었다.

그 안에는 편의점 포인트카드와 센다이에 있는 식당 스탬프카드가 들어 있었다. 스탬프는 모두 한두 개씩뿐이었다. 일단 카드를 만들기는 했지만 딱히 사용할 생각은 없었던 모양이다.

아쉽게도 신원을 확인할 수 있는 물건은 아무것도 없었다. 이름이 적힌 무언가가 가방에 하나쯤 있을 법도 한데, 하나도 없는 이유는 무엇일까.

그렇게 생각하며 마나는 카드 지갑을 원래 있던 곳에 돌려놓았다.

카즈키가 장을 보고 돌아온 뒤 마나는 멍하니 시간을 보냈다. 스마트폰으로 인터넷 쇼핑몰을 구경하고 좋아하는 영상을 봤지만, 내용은 눈에 들어오지 않았다.

엎드려 누워서 책을 읽는 카즈키를 보았다. 그는 어깨가 결릴 듯한 자세로 한 시간 가까이 독서를 하고 있었다. 쇼핑하는 데 왜 이렇게 시간이 오래 걸렸나 했더니, 책을 여러 권 사 들고 와서는 뭐가 그리 재미있는지 계속 책을 읽고 있었다.

마나는 지금 이 집에서 책을 읽는 사람이 진짜 남편이 맞는지 혼란스러웠다.

"마나."

카즈키가 상체를 일으키더니 양팔을 흔들었다.

"잠깐 밖에 나갈래?"

"빠뜨리고 안 사온 거라도 있어요?"

"아니. 산책이라도 갈까 싶어서."

카즈키는 어깨가 결린다며 멋쩍은 미소를 흘렸다. 역시 자세가 불편했나 보다. 카즈키는 목 스트레칭을 하더니 자기 어깨를 두드렸다.

"아까 물건 사러 나갔을 때 동네를 조금 둘러봤는데 근처에 공원이 있더라고."

"하지만 이미 시간이 늦었잖아요."

"시간? 괜찮아. 관리가 잘돼 있는 곳이라."

"그래요?"

"설마 거기 가본 적 없어?"

아마 집에서 5분 거리에 있는 공원을 말하는 것이리라. 거기에 공원이 있다는 사실은 마나도 알고 있었다. 하지만 4년 가까이 이곳에 살면서 한 번도 가본 적이 없었다.

"역이랑 반대 방향이라서 굳이 찾아갈 생각이 안 들더라고요."

"가끔은 자연을 느끼는 게 좋지 않겠어? 시골 출신이 보기에 도시의 자연은 인공적인 냄새가 날지도 모르지만, 조금 어둡더라도 가로등 덕분에 아직 산책하기는 괜찮을 거야."

"하긴, 시골의 자연은 야성미가 있죠."

"야성미?"

무엇이 그리 우스운지, 카즈키는 "야성미래."라고 여러 번 되짚으며 웃었다.

마나의 머릿속에 박힌 자연의 모습은 울창하게 자란 나무들, 한 발짝이라도 걸음을 잘못 떼면 목숨을 잃을지 모르는 절벽이었다. 여기저기 거미줄이 있고 바스락거리는 소리를 내면 맹수와 마주칠지도 모르는 곳.

그런 점에서 잘 관리된 자연은 인간에게 친절한 존재였다.

"시골의 자연보다는 조금 못할지도 모르지만 그거랑은 또 다른 매력이 있을 거야."

"다리는 괜찮아요?"

"천천히 걷는 정도는 괜찮아."

마나는 카즈키와 함께 밖으로 나갔다.

공원은 카즈키의 말처럼 있는 그대로의 자연과는 달리 인간을 배척하지 않고 환영하는 듯해 마음이 편안했다. 미끄럼틀이나 시소 같은 놀이기구 개수는 많지 않았고 열심히 산책하거나 조깅하는 사람들의 모습이 눈에 띄었다.

카즈키는 산책을 하면서 마나에게 딱히 말을 걸지 않았다. 가끔 "어, 느티나무다."라거나 "벚꽃이 활짝 폈을 때 왔으면 좋았을 텐데."라고 중얼거렸지만, 전부 혼잣말이었다.

하지만 마나는 그 고요한 시간이 괴롭지 않았다.

"예쁘다."

카즈키가 살짝 눈웃음을 지었다. 하늘을 붉게 물들인 태양은 서서히 모습을 감추며 밤으로 가는 길을 열고 있었다.

마나도 "그렇네요."라고 답하면서 어두워지는 하늘을 바라보았다.

상사에게 호다카가 집까지 쫓아왔다는 이야기를 하자, 마나는 해당 업무에서 빠지게 되었다. 그로부터 약 2주간 호다카의 모습을 보지 못했다.

"마나 씨, 여름 상품 도안 내일까지니까 늦지 않게 끝내."

"네. 곧 끝납니다."

의류는 계절과 관련이 깊지만, 정작 업계 종사자들은 계절감을 느낄 수가 없다. 그도 그럴 것이 매장에서는 계절이 한창일 때 할인판매를 시작하고, 곧바로 다음 시즌의 상품을 진열하기 때문이다. 그 타이밍에 맞추려면 상품을 만드는 현장에서는 계절을 더 앞서야 해서 지금이 여름인지 겨울인지 알 수 없게 된다.

"그럼 점심 먹고 오지 그래? 난 마나 씨가 계속 작업 중이길래 일에 진척이 없어서 초조해하는 줄 알았어."

상사가 벽에 걸린 시계를 가리켰다. 한창 점심시간이었다.

"그런 건 아니고 흐름 끊기 좋은 데까지 끝낸 다음에 먹으려고 했는데, 생각보다 시간이 걸려서 이젠 어디서 끊어야 할지 모르겠어요."

상사가 공감한다며 웃었다.

"근데 억지로라도 끊어야 돼. 안 그러면 점심시간 다 놓쳐. 마나 씨, 오후부터 회의 있잖아. 먹을 수 있을 때 먹어야지."

"그래야겠네요."

"오늘도 도시락이야?"

"네."

"부지런하다. 나는 애들 도시락 싸주는 김에 내 것까지 싸는 거지만."

상사는 그렇게 말하며 마나에게서 멀어졌다.

식사 장소는 특별히 정해진 곳이 없었다. 냄새가 심하게 나는 음식만 아니면 다들 자기 책상에서 먹었다. 마나 역시 그렇게 했다. 물론 자유롭게 외출할 수도 있었다.

마나는 조금 설레는 마음으로 도시락 뚜껑을 열었다.

"나보다 잘하네…"

"뭐가?"

옆자리 선배가 마나의 중얼거림에 반응했다. 회사 설립 당시부터 이곳에서 근무한 이 선배는 말하기를 좋아하는 유쾌한 여자였다.

마나는 "아니에요…"라고 대답하며 가만히 도시락을 들여다보았다.

얇게 저민 고기로 당근과 강낭콩을 만 음식. 꼬리를 뗀 작은 새우튀김. 계란말이. 색 조화를 생각했는지 새빨간 방울토마토와 브로콜리도 들어 있었다. 모두 가공식품을 사용하지 않은 음식이었다. 마나가 직접 만든 도시락이었다면 조금 더 엉성했을 것이고 냉동식품도 들어 있었을 것이다. 이건 카즈키가 만들어준 도시락이었다.

첫날 먹은 카레는 마나가 만들었지만, 집에 있는 시간은 카즈키가 더 길어서 지금은 보통 그가 식사 준비를 전담했다. 카즈키는 마나보다 요리 솜씨가 좋았고 간도 잘 맞췄다. 도무지 밥상을 엎던 사람 같지가 않았다.

옆에서 선배가 목을 길게 빼고 마나의 도시락을 들여다 보았다.

"우리 엄마가 그러는데, 자꾸 혼잣말을 하는 건 노화 현상이래."

이 선배는 재미있는 사람이었지만, 40대 중반이라 그런지 계속 일이 바쁘면 피곤한 기색이 얼굴에 역력하게 드러났다. 지금도 눈 밑에 다크서클이 뚜렷했다.

"근데 엄마가 하시던 말씀을 나도 요즘 들어 몸소 실감하는 거 있지? 특히 연휴에 우리 애가 동아리 활동 하러 가고, 난 일이 없어서 혼자 집에 있을 때면 위험하다는 생각이 들 정도라니까?"

"선배님 부군은 혼자 지방에서 일하느라 집에는 가끔 들어오신다고 했죠?"

"맞아. 근무지가 후쿠오카라서 매주 도쿄에 오기는 힘들거든. 근데 좋아. 애들도 다 컸고 서로 신경 쓰지 않고 일에 집중하는 게 편하니까."

"그런가요?"

"그렇다니까. 이러다 어느 날 갑자기 남편이 다시 도쿄로 발령나면 오히려 심란할 것 같아. 아, 물론 남편이 싫은 건 아니야. 싫진 않아. 진짜로. 결혼하지 않은 사람한테 이런 얘길 해봤자 공감 못 하겠지만."

회사에 결혼 사실을 알리지 않은 마나는 "그렇죠."라고
도 "그 마음 알아요."라고도 할 수 없어 그저 가볍게 웃어
넘겼다.

"그보다 그 쇼핑몰 입점 얘기 말인데…."

선배가 목소리를 한 톤 낮추며 말했다.

"거래처에는 아직 말하지 않았지만, 그 얘기는 무산됐
어."

"그게 무슨 말씀이세요? 설마…."

마나가 당장이라도 달려들 듯이 선배 쪽으로 몸을 기울
이자, 선배는 "아니야, 아니야." 하며 가볍게 손을 흔들었다.

"거절당한 게 아니라, 우리가 거절하는 거야."

"저 때문인가요?"

선배는 또다시 "아니야, 아니야."라고 말하며 이번에는
세차게 손을 내저었다.

"사장님이 장소를 고민하는 동안에 더 조건 좋은 건물
이 나왔거든."

"네?"

"사장님이 전부터 점찍어 뒀던 쇼핑몰에 갑자기 빈자리
가 생겼어. 원래부터 거기에 매장을 내고 싶어 하셨는데
운이 좋았지."

"그렇군요…."

마나는 가슴을 쓸어내렸다. 호다카와 있었던 일이 회사에 어떤 영향을 미칠지 몰라 불안하던 차인데, 결과적으로 원만하게 해결되어 다행이었다.

걱정거리가 하나 줄었다. 하지만 남은 걱정거리는 끝이 보이지 않았다.

카즈키는 마나의 삶을 어지럽히는 성가신 존재였다. 적어도 도쿄에서 혼자 살기 시작한 이후에는 항상 유지해온 바쁘면서도 고요한 일상이 깨져버렸다. 하지만….

"나쁘지만은 않으니까…."

"응? 뭐가?"

"아뇨…. 혼잣말이에요."

선배가 "진짜 괜찮은 거 맞아?"라고 물으며 웃었다.

일을 마치고 집에 돌아오니, 창문에서 불빛이 새어 나왔다.

이곳에서 살게 된 뒤로 누군가가 자신을 기다린다는 느낌을 받아본 적이 없는 마나는 불 켜진 창문을 볼 때면 아직도 심장이 두근거렸다.

카즈키가 집에 있다. 마나를 기다리고 있다.

단지 그것뿐이었지만, 마나는 진정이 되지 않았다. 그런 감정이 드는 이유도 알았지만, 어떻게 할 수가 없었다.

동거 생활을 시작한 이후 카즈키는 자신이 선언한 대로 한 번도 마나에게 손을 올리지 않았다. 소리를 지른 적도 없었다. 마나를 만지지도 않았다. 그렇다고 험악하게 굴지도 않았다.

"기억상실증이 인격까지 바꾸나…?"

불안감이 사라지지는 않았지만, 지금으로서 큰 문제는 없었다. 하지만 만약 카즈키의 기억이 돌아온다면 지금 같은 생활을 지속할 수는 없을 것이다.

평생 이대로 있을 수 있다면….

그런 생각이 머리를 스쳤지만, 그런 생활은 살얼음판 위를 걷는 것과도 같아서 언제 녹을까, 언제 부서질까, 늘 긴장하는 나날의 연속일 것이다.

문을 열자 현관 근처에 카즈키가 서 있었다.

"어서 와. 오늘은 일찍 왔네."

"…뭐 하는 거예요?"

카즈키가 부엌 싱크대 옆에 드라이버를 들고 서 있었다.

"수건걸이 높이를 바꾸려고. 마나가 쓰기에 불편해 보여서."

"이 집에 있는 물건은 거의 다 예전 세입자가 쓰던 것들이거든요."

임대를 얻은 건물이지만 집주인은 필요하면 나사나 못

을 박아도 된다고 했다. 하지만 마나는 수건걸이 높이가 조금 맞지 않아도 크게 불편하지는 않으니 그대로 쓰고 있었다.

오늘 출근하기 전, 카즈키가 집에 나사나 못이 있냐고 물었는데, 마나는 당연히 카즈키 본인이 필요한 곳에 쓰려고 물어보는 줄 알았다.

"혹시 내가 괜한 짓 한 거야?"

"아니요…."

"그럼 다행이지만, 표정이 묘하길래 내가 집을 마음대로 건드려서 화났나 했어."

"괜찮아요."

마나가 그런 데에 집착하는 성격이었다면 진작에 집을 편한 대로 수리했을 것이다. 마나는 조금 불편함을 느껴도 보통 그러려니 하고 넘어가는 성격이었다.

"다음에는 마나한테 물어보고 할게. …좋아, 다 됐다. 써봐."

카즈키가 "빨리, 빨리." 하며 마나를 재촉했다. 가방을 내려놓고 손을 씻은 마나는 옆에 걸린 수건으로 손을 닦았다.

수건걸이는 마나가 허리를 숙이거나 손을 올리지 않아도 되는 딱 좋은 위치에 있었다.

"조금 더 낮게 달 걸 그랬나? 아니면 예전 위치가 나아?"

등 뒤에서 들려오는 목소리에 약간 불안함이 묻어났다.

마나는 카즈키에게 등을 보인 채로 고개를 가로저었다. 예전보다 훨씬 사용하기 편했다.

"그러고 보니 내가 몇 번이나 말했지만, 늦게 들어올 때는 나한테 연락해. 그 남자가 집 주소를 알잖아."

"그 사람은 이제 걱정하지 않아도 돼요. 회사에도 알렸고, 입점 계약도 다른 곳과 했거든요. 계속 쫓아다녀 봤자 얻을 것도 없으니 그 사람도 더 이상 미련한 짓은 하지 않을 거예요. 일은 잘하는 사람이거든요."

"글쎄…."

카즈키는 수긍하지 못하는 표정이었다.

"일하는 능력과 인격이 일치한다면 이 세상 나쁜 사람들은 다 백수일 텐데, 그렇지 않잖아? 나쁜 사람은 어디에든 있어. …마나도 알고 있겠지만."

마나는 심장이 뛰었다.

그 말은 자신을 믿지 말라는 뜻일까. 아니면….

"저… 내일 저녁에 친구랑 밥 먹기로 했어요. 그래서 늦게 올 것 같아요."

"여자?"

"네. 다른 회사에 다니는 친구인데 같은 업계 사람이라 가끔 밥을 먹으면서 정보를 나누거든요."

"알았어. 그럼 역에 도착할 때쯤 연락해 줘. 데리러 갈 테니까."

"걱정이 과해요." 하고 웃으면서 마나는 자신이 가식으로 웃는 것인지 진심으로 웃는 것인지 모르겠다는 생각을 했다.

"마나, 여기야."

북적북적한 레스토랑의 가장 안쪽 자리에서 유키 토모에가 손을 흔들었다. 마나가 늦는다고 미리 연락은 해두었지만, 원래 약속 시간보다 20분이나 늦었다. 마나는 테이블로 달려갔다.

"늦어서 미안. 비가 오는 걸 퇴근할 때 돼서야 알았어."

"괜찮아. 나도 방금 도착했어."

빗방울이 유리창을 세차게 두드렸다. 오늘 아침 늦잠을 자는 바람에 집에서 급히 나온 마나는 회사 근처 편의점에서 우산을 사야만 했다.

마나는 토모에 맞은편 의자에 앉았다. 이 레스토랑은 취급하는 술 종류도 다양하고 음식도 맛있었다. 가격이 비싼 편이라 두 사람은 좋은 일이 있을 때만 이곳을 찾았다. 오늘은 토모에가 이 레스토랑에 오자고 했다. 토모에는 마나와 같은 전문학교에서 패션디자인을 배운 동기였다.

마나와 토모에가 다니던 학교는 야간대학으로, 두 사람 다 아르바이트와 과제를 동시에 해내며 학교에 다녔다. 주간대학에는 고등학교를 졸업하자마자 입학하는 학생이 많았지만, 야간대학에는 다양한 학생들이 모여 있었다. 수업은 주3일, 오후 여섯 시부터 아홉 시 반까지 진행되어 강의 개수가 적었다. 학비가 싸다는 이유로 야간대학을 선택한 사람부터, 다른 전공으로 대학교를 졸업했지만 옷을 만들고 싶어 진로를 변경한 사람, 패션을 공부하고 싶지만 고등학생 때까지 자주 학교를 빠지던 습관이 있어 매일 등교하기는 힘든 사람 등등, 다양한 경력과 이유를 가진 학생들이 있었다.

그중에서 마나와 토모에는 학비와 생활비를 혼자 힘으로 벌어야 해서 다른 선택지가 없었다는 공통점이 있어 자연스럽게 친해졌다.

학교를 졸업한 뒤에는 각각 의류 업체에 들어갔고, 토모에 역시 지금은 기획 담당자로 일하고 있었다.

"오랜만이야. 요즘 회사 일은 어때?"

"바쁘지, 뭐. 마나네 회사도 바쁘지? 얼마 전에 방송국에서 너희 회사를 취재했다며?"

"음…. 방송은 나갔지만 생각보다 광고 효과는 별로였어. 사장님은 기대가 크셨는데, 심야 시간대 위성방송이라 영향력이 크지 않았나 봐. 바쁜 건 똑같지만."

"그렇구나. 우리 회사도 실적은 그저 그래. 매출은 계속 떨어지는데 왜 점점 더 바빠지는지 이해가 안 될 만큼 매일 일에 쫓기며 살아."

토모에는 지긋지긋하다는 듯 불만스러운 표정을 지었다.

"그래도 가만히 머물러 있으면 도태되니까 우리 회사가 외부 디자이너랑 제휴를 맺기로 했거든. 흔히들 말하는 콜라보 말이야. 그래서 얼마 전까지 엄청 바빴어."

"괜찮은 디자이너랑 손잡으면 매출도 꽤 나올 것 같은데?"

"물론 그런 의도로 추진하는 거지만 유명한 디자이너는 비싸잖아. 돈이 문제지."

토모에가 엄지와 검지로 동그라미를 만들어 보였다. 마나도 동종업계 사람이라 그쪽 사정은 쉽게 짐작이 갔다.

"그래서 윗분들이 계속 회의를 하시다가 결국 영국 브랜드의 디자이너랑 계약하게 됐어."

토모에는 20대에게 사랑받는 인기 브랜드 디자이너의 이름을 말했는데, 마나도 들어본 적이 있는 이름이었다.

"토모에가 그 프로젝트 담당자야?"

"나 혼자는 아니야. 나는 팀 막내고 잡무 담당 같은 역할이라 그냥 시키는 일만 해. 다른 회사의 일을 견학하는 건 재미있지만…."

토모에는 잠시 뜸을 들였다. 왜 그러지? 마나는 고개를 갸우뚱했다. 오늘따라 토모에의 입이 조금 무거웠다.

"사실 오늘은 이 얘기를 하려고 부른 건데…."

약속을 잡을 때는 만날 시간과 장소만 이야기했다. 토모에가 자세한 것은 만나서 말해주겠다고 했기 때문이다.

토모에는 살짝 고개를 숙인 채 말했다.

"나 이번 프로젝트에서 만난 사람이랑 결혼해."

"뭐?! 그 디자이너랑?"

연예인 가십에는 관심이 없는 마나였지만, 친구의 예비 남편 이야기라면 역시 궁금했다. 게다가 그는 꽤 이름 있는 영국인 디자이너가 아닌가.

하지만 토모에는 기대에 차서 몸을 앞으로 내민 마나를 단박에 뒤로 물렸다.

"아니. 그 디자이너의 통역사랑. 디자이너랑은 말도 안 통해서 결혼은 무리야."

"아…. 듣고 보니 그렇네. 잘됐다. 축하해, 토모에. 그래서 오늘 여기서 만나자고 했구나."

토모에는 쑥스러운 듯 웃었다.

마나와 토모에는 부모에게 기댈 수 없는 가정환경에서 태어났다. 그런데도 꿈을 포기하지 않고 아르바이트를 하면서 필사적으로 공부했다.

"일은 계속 하는 거지?"

"실은 이사를 가야 해서 당분간은 못 할 거야. 이사한 곳에 익숙해지면 언젠가는 일을 구할 생각이지만, 우선은 언어의 장벽이 있으니까."

"언어? 사귄다는 통역사가… 설마 영국인이야? 영국으로 이사 가는 거야?"

"응. 그 사람이 디자이너 전속 통역사라 영어랑 일본어 외에 프랑스어랑 독일어도 할 줄 알아."

"프랑스어라…."

"왜?"

"아니…. 그냥 대단하다는 생각이 들어서."

너무 진부한 반응이었지만, 마나는 대단하다는 말밖에 할 수 없었다.

토모에의 이야기에 따르면 예비 남편은 어릴 때 부모님의 일 때문에 여러 나라를 돌아다녔다고 했다. 일본에서도 2년 정도 산 적이 있어 그때 일본어를 배웠고, 현재는 어학 능력을 살려 의류 브랜드에서 통역과 번역 일을 한다는 듯했다.

"그런 사람들은 나랑 사는 세계가 다른 것 같아."

"나도 그런 생각이 들어. 지금도 내가 그 사람이랑 결혼해도 되는 건가 싶고 그래. 그렇잖아? 부모님이랑 사이도 안 좋고 학교도 야간 전문대학을 겨우겨우 졸업한 나랑은 균형이 안 맞아. 나중에 애들 교육 방침을 두고 싸울 것 같아."

토모에의 친부모님은 이혼한 뒤 둘 다 재혼했다고 했다. 어머니를 따라간 토모에는 새아버지와 원만하게 지내지 못했다. 어머니도 새 남편과 낳은 자식을 더 예뻐해서 토모에는 그 집에 마음 붙일 데가 없었다.

어머니는 가출과 비행을 반복하는 딸을 포기했고, 친아버지도 함께 살기를 거부한 탓에 토모에는 보호시설에서 살게 되었다. 토모에가 중학생일 때였다.

열여덟 살 때 보호시설에서 나온 토모에는 일을 하며 어느 정도 돈을 모은 뒤 마나와 똑같은 전문학교에 입학했다.

토모에의 불안에 공감하는 마나는 걱정이 과하다며 웃어넘길 수 없었다.

"그 사람은 부모님도 계시고 대학도 나오고 무엇보다 가족과 사이가 좋아. 직업 특성상 계속 해외를 돌아다니니까 자주 만나지는 못하지만, 가족들이랑 1년에 한 번도 연락하지 않는 나랑 비교하면 하나부터 열까지 너무 달라."

"그래도 그 사람은 토모에를 좋아하는 거잖아?"

"그건 그렇지만…, 그 사람이 아는 내 모습은 대부분 일할 때의 모습이고 사적으로 함께 보낸 시간은 그리 길지 않아."

"함께 보낸 시간이 길면 싸우지 않는다는 보장이 있어?"

"그건…."

마나는 우물거리는 토모에에게 따지듯 물었다.

"같이 보내는 시간이 길면 오히려 싸울 거리가 더 많아지지 않아? 같이 지내다가 단점이 보여서 싸울 때가 있잖아. 그게 더 불안하지 않아?"

토모에가 슬픈 표정을 지었다. 마나는 그 표정을 보고 자신의 실수를 깨달았다.

"미안해! 그런 뜻이 아니야. 그게 아니라 나는 그냥…!"

토모에는 마나의 얼굴 앞으로 손을 내밀어 말을 막았다.

"알아. 틀린 말도 아니고."

토모에의 슬픈 표정이 씁쓸한 미소로 바뀌었다.

마나는 다시 미안하다고 사과했다. 언제나 나쁜 결과를 생각하고 마는 습관이 있었다. 그렇게 해야 상처를 덜 받기 때문이었다.

토모에도 마나의 그런 경향을 이해해주었다.

"우리는 어렸을 때, 왕자님과 결혼한 뒤에 어떤 세상이 펼쳐지는지 봐버렸잖아? 꿈보다 현실을 먼저 알아버렸으니 불안한 건 당연해."

마나는 고개를 끄덕이며 자신이 자란 환경을 떠올렸다. 암흑 같은 세상에 한순간 햇살이 비쳐들 때는 있었으나, 그 빛은 오래가지 않았다. 만약 인생을 다시 선택할 수 있다면, 마나는 반드시 다른 가정에서 태어나기를 택할 것이다.

토모에도 일일이 말하지는 않았지만, 이미 많은 고민을 했으리라.

"그동안 연애는 여러 번 했지만, 결혼하고 싶다는 생각이 든 건 이번이 처음이야. 그래서 불안하긴 해도 기쁜 마음이 더 커."

행복하게 웃는 얼굴을 보니 토모에는 그저 예비 남편을 자랑하고 싶었던 모양이다. 마나는 그제야 진심으로 "축하해."라고 말할 수 있었다.

토모에가 신나게 떠드느라 손대지 못한 음식을 드디어 한술 떴다. 잠시 음식과 술을 즐기던 토모에가 "그런데…." 하며 대화 주제를 바꾸었다.

"마나는 요즘 어때? 별일 없어?"

"응?"

별일이야 있다. 너무 많아서 문제였다.

하지만 마나는 토모에에게도 결혼한 사실을 말한 적이 없어서 카즈키 이야기를 꺼내기가 어려웠다.

남편이 갑자기 돌아왔다고 해봤자, 토모에는 그 말을 믿지 못할 것이고 만약 믿어준다고 해도 걱정할 게 뻔했다. 카즈키와 있었던 일을 설명하려면 호다카에게 스토킹 당한 이야기도 해야 했다. 그리고 과거의 일도….

마나가 아무 말도 하지 않자 토모에가 씨익 웃었다. 아무래도 다른 의미로 오해를 한 모양이다.

"아냐, 아냐. 아무 일도 없어."

"정말?" 하면서 토모에는 의심의 눈초리로 마나를 보았다.

마나는 "정말이야."라고 대답했지만, 토모에는 그 대답이 거짓임을 눈치챘을 것이다.

"아니, 별일이 전혀 없었던 건 아니지만, 최근에는…."

"그러고 보니 마나는 학교 다닐 때도 남자친구를 사귄 적이 없었지? 남자에 관심이 없는 것처럼 보였는데…. 알고 보니 눈이 엄청 높은 거 아니야?"

"아니야. 나는 평범한 사람이 좋아. 외모나 돈은 전혀 안 보고, 그냥 평범한 사람. 조금 덜렁대는 성격이어도 괜찮고, 뭔가를 자주 깜박하는 사람이어도 괜찮아. 약한 면과

강한 면을 모두 가진 평범한 사람…"

마나의 말을 들으며 토모에는 연신 고개를 끄덕였다. '알아, 알아. 다 말하지 않아도 알아들었어.'라고 말하는 듯한 표정을 보니 혼자 머릿속으로 어떤 이야기를 만들어내고 있는 것 같았다.

"사랑은 좋은 거지."

"그런 거 아니라니까…."

마나도 가능하다면 토모에에게 전부 털어놓고 싶었다. 하지만 이제 곧 결혼해서 일본을 떠날 토모에에게 걱정을 끼치고 싶지는 않았다.

"정말 아무 일도 없어."

'말할 수 있는 건.'

마나는 속으로 그렇게 덧붙이면서 잔에 남은 술을 단숨에 들이켰다.

가는 방향이 달라 마나와 토모에는 레스토랑 앞에서 헤어졌다. 마나는 기분 좋은 취기를 느끼며 마음속으로 토모에의 결혼을 축하했다.

행복은 한순간일 뿐, 영원하지는 않음을 알고 있었다. 하지만 마나는 토모에를 응원했다.

계속 모순된 감정을 느꼈다.

"소원과 각오는 다른 법이구나…."

카즈키가 돌아왔을 때 생각한 말이었다.

절벽에서 떨어진 카즈키는 이제 돌아오지 않으리라 생각했다. 하지만 이상하게도 마음속 어딘가에서는 돌아올지도 모른다고 생각했다. 언제 어디서든 나쁜 결과를 상상하는 일은 이제 습관과도 같았다.

지금 상황이 언제까지고 계속될 수는 없다.

과거의 폭력을 이유로 들면 카즈키는 이혼에 응해줄지도 모른다. 하지만 이혼한 뒤에 카즈키의 기억이 돌아온다면…. 헤어지고 나서는 마나가 카즈키의 움직임을 파악할 수 없다. 반대로 같이 지낸다면 그가 언제 갑자기 마나의 숨통을 조여올지 모른다.

어느 쪽을 선택하든 위험하기는 마찬가지였다. 몇 가지 대안을 생각해 봤지만, 마나는 아직 명확한 해답을 찾지 못했다.

"…음?"

마나는 5분 정도 더 걸으면 집이 나오는 곳에서 뒤를 돌아보았다. 조금 전부터 누군가가 뒤를 밟는 듯한 느낌이 들었다.

비가 오는 탓에 기척이나 소리를 명확하게 느낄 수는 없었다. 하지만….

마나는 걸음을 재촉했다. 뒤에서 들리는 소리는 다가오지도 멀어지지도 않고 마나와 일정한 거리를 유지했다.

혹시 마나가 만나는 상대를 남자로 의심한 카즈키가 뒤따라 온 것일까…. 예전의 그였다면 충분히 그러고도 남았다.

마나는 골목을 꺾어 다시 가장 가까운 역으로 달렸다. 바닥에 고인 빗물을 튀기면서 죽기 살기로 달렸다. 숨이 찼다. 취한 상태로 달리려니 몸이 힘들었다.

뒤를 돌아볼 여유도 없이 마나는 역 앞에 있는 편의점으로 들어갔다. "어서 오세요." 하는 점원의 목소리를 듣자 마음이 놓였다.

편의점 안에는 마나 외에 손님이 세 명 있었다. 마나는 잡지 코너에 서서 밖을 내다보았다. 카즈키로 보이는 사람의 형체는 없었다.

마나는 크게 심호흡을 했다. 밤길을 걸을 때 필요 이상으로 뒤를 경계하다가 나중에야 별일 아니었음을 깨달은 경험이 여러 번 있었지만, 이번에는 아무래도 꺼림칙했다.

마나는 잠시 잡지를 보며 쫓아오는 사람이 없는지 재차 확인하고는 생수 한 병을 사서 편의점을 나왔다.

걸어서 돌아갈 마음이 사라져 넉넉지 않은 형편에 택시를 잡아탔다. 마나의 방은 불이 꺼져 있었다. 역시 카즈키는 집에 없는 듯했다.

"으악!"

마나는 열쇠로 문을 열자마자 소리쳤다.

어두컴컴한 현관에서 카즈키의 목소리가 들렸다.

"어서 와. 왜 그래?"

"그건 제가 할 말이에요. 왜 불을 꺼놓고…."

카즈키는 알몸이었다. 막 목욕을 마치고 나온 참인지 머리카락이 젖어 있었다.

"목욕하는 동안 아무도 없는 방에 불을 켜놓으면 전기세 아까우니까…."

수건으로 허리 부근을 가리면서 카즈키는 뒷걸음질 쳤다.

마나는 부엌과 방 사이에 있는 문을 닫고 카즈키가 옷 갈아입기를 기다렸다.

"저녁은 어디서 먹었어요?"

"응? 뭐라고?"

"저녁이요."

마나가 문 너머로 들릴 만큼 목소리를 키우자, 카즈키는 "집에서 먹었어."라고 말했다.

"비가 와서 계속 집에 있었어."

그 말을 들으면서 마나는 현관에 있는 젖은 우산을 바

라보았다.

오늘 마나가 산 우산이 아니었다. 원래 이 집에 있던 우산이었다. 젖은 채로 현관에 세워져 있었다.

카즈키는 거짓말을 하고 있다.

마나는 음식물 쓰레기통과 플라스틱류 쓰레기통을 열어보았다. 오늘은 일반쓰레기를 배출하는 날이었다. 아침밥을 만들 때 썼을 법한 달걀 껍데기 말고는 아무것도 들어있지 않았다. 포장용 플라스틱 용기도 없었다.

마나는 조금 전 15분 정도 편의점에 머물렀다. 카즈키가 그 사이에 집으로 돌아와 옷이 젖은 이유를 감추려고 샤워를 한 것은 아닐까? 집까지 달려왔다면 충분히 가능한 일이었다.

"다 됐어."

카즈키는 수건으로 머리를 닦으며 문을 열었다. 왜인지 무서운 표정을 짓고 있었다. 화가 난 듯했다.

"왜…?"

"역에 도착하면 연락 달라고 했잖아."

"원래도 계속 혼자 다녔는걸요."

"그러다가 이상한 남자가 들러붙었…. 하긴, 나도 그중 한 명인가."

카즈키는 "그렇네. 나한테 의지하라고 해봤자 소용없겠

구나."라고 자기 자신을 타이르듯 중얼거렸다.

　계속 집에 있었다는 말이 거짓인지 사실인지는 그리 중요하지 않았다. 다만 그게 거짓이라면, 카즈키가 거짓말을 한 이유를 알아야 했다.

　—카즈키는 무언가를 숨기고 있다.

　마나는 젖은 우산으로 다시 눈길을 던졌다.

　마나가 카즈키와 한집에서 살게 된 지 3주가 지났다.

　같이 지내면 지낼수록 스즈쿠라 카즈키가 어떤 사람인지 알 수가 없어졌다.

　카즈키는 마나보다 집안일을 많이 했다. 자기가 시간이 많으니 그렇게 하겠다고 발 벗고 나섰기 때문이었다. 성격은 밝고 잘 웃었다. 예능 프로그램을 좋아하는 듯했고, 드라마도 챙겨 보았다. 하지만 무엇보다 책을 가장 좋아하는 것 같았다. 담배는 피우지 않았다. 종종 캔맥주를 마셨지만, 과음은 하지 않았다. 술에 취하면 성격이 더 밝아졌다. 잠버릇도 없었고 아침에도 곧잘 일어났다. 크리스마스에는 마나가 회사에서 돌아오니 카즈키가 케이크와 치킨을 사놓고 기다리고 있었다.

　카즈키의 단점을 꼽아보자면 무언가를 자주 깜박한다는 것 정도였다. TV나 에어컨 리모컨을 아무 데나 두고서 자주 찾으러 다녔다. 하지만 그런 건 그다지 신경 쓰이지 않았다. 어쩌면 사고 후유증일지도 모르겠다는 생각도 들었다.

마나는 일상에 큰 불만이 없어서 더더욱 난감했다.

카즈키가 기억을 되찾는다면―, 이 일상은 사라질 것이다. 더구나 마나가 지금껏 쌓아온 5년의 세월도 물거품이 될 것이다.

"어떡하지…"

"집 열쇠라도 잃어버렸어?"

"아…"

"오늘은 빨리 왔네."

빌라 입구 앞에서 마나가 뒤를 돌아보자 거기에 카즈키가 서 있었다. 카즈키도 외출했다 돌아온 모양이었다.

"오늘은 정시에 퇴근했거든요."

"왜 그렇게 심각한 표정이야?"

"아뇨, 그냥… 어디 갔다 오는 거예요?"

"보다시피 장 보고 왔어."

카즈키가 오른손에 든 비닐봉지를 가슴께까지 들어 올렸다. 봉지 위로 대파가 비죽 솟아 있었다.

이 시간에 장을? 벌써 다섯 시가 넘은 시간이었다.

집 안으로 들어가자, 카즈키는 냉장고에 식재료를 채워

넣으며 말했다.

"사실 얼마 전에 괜찮은 카페를 찾아서 거기서 책을 읽었거든. 금방 범인이 밝혀질 것 같아서 멈출 수가 없었어."

"어디 있는 카페요?"

"상점가 안에 있는 라르고라는 카페야. 알아?"

"아니요."

마나는 상점가를 이용한 적이 거의 없었다. 마나가 퇴근한 뒤에는 시간상 가게들이 대부분 문을 닫기 때문이었다.

"생긴 지 얼마 안 된 데라 모를 수도 있어. 계산을 하면 다음에 방문했을 때 쓸 수 있는 할인 쿠폰을 줘서 나도 모르게 또 가게 되더라고. 아, 그 카페는 사장님이 만들어 주는 블렌딩 커피가 맛있어. 아직 모든 메뉴를 다 먹어보지는 못했지만."

카즈키의 말투가 평상시보다 설명조 같은 것은 기분 탓일까. 카즈키는 물어보지도 않은 이야기까지 줄줄 늘어놓고 있었다.

"오늘은 계속 그 카페에 있었어요?"

"계속은 아니고, 점심은 집에서 먹었으니까 두 시쯤부터였나?"

"최근에 매일 그 카페에 간 거예요?"

카즈키는 추궁하는 마나에게 "미안해." 하며 고개를 숙었다. 무안한지 눈동자가 자꾸 불안하게 움직였다.

"사실 며칠 전 저녁에도 그 카페에 갔어. 일도 안 하면서 카페에 죽치고 있었다고 하면 혼날까 봐 말을 못 했어. 전업주부가 사용하는 한 달 용돈 평균금액을 생각하면 매일 카페에 가는 건 역시 사치겠지?"

카즈키는 주부들이 보는 잡지도 읽는 것일까. 아니면 애초부터 주부는 근검절약해야 한다는 사고방식을 갖고 있던 것일까.

어느 쪽이든 마나는 그다지 개의치 않았다. 하지만 아무 말도 하지 않는 마나를 화난 줄로 착각한 카즈키는 마나의 눈치를 살폈다.

"본인 돈이니까 어떻게 쓰든 카즈키 씨 자유죠."

"…화났어?"

"화나지 않았어요."

카즈키가 카페에서 책을 읽을 뿐이라면 문제 될 일이 없었다. 하지만 카페에 있었다는 그의 말이 사실인지가 마음에 걸렸다. 만약 아주 조금이라도 카즈키의 기억이 돌아왔다면…? 그런 생각이 들자 마나는 불안했다.

—상점가에 있는 카페, 라르고.

마나는 잊어버리지 않도록 가게 이름을 기억에 새겼다.

카즈키는 매일 같이 라르고에 갔다고 했다. '갔다'가 아니라 '갔다고 했다'인 이유는 마나가 연말에 바빠서 바로 진위를 확인하러 갈 수 없었기 때문이다. 최근에는 막차 시간까지 일하느라 저녁도 카즈키와 함께 먹을 수 없었다. 귀가가 늦어진다고 연락하면 카즈키는 언제나 주부처럼 "그럼 난 간단하게 때워야겠다."라고 말했다.

마나가 귀가할 즈음이면 카즈키는 당연히 집에 있었다. 마나가 하루 종일 무엇을 했는지 물으면, 카즈키는 보통 '집안일', '독서', 'TV'라고 대답했다. 마나의 책장에는 최근 화제가 된 책들이 채워졌다. 책 상태를 보아하니 다 중고인 듯했다.

첫날 생활비라며 돈을 내밀던 카즈키는 "나쁜 짓 해서 얻은 돈은 아니야."라고 말했다. 평소 행실을 지켜보니 돈 씀씀이가 헤픈 것 같지는 않았다. 물론 마나가 일할 때 카즈키가 무엇을 하는지는 알 수 없지만, 돈을 함부로 쓰지는 않는 듯했다. 대체 어떻게 해서 돈을 벌었을까…. 자세한 자초지종을 묻고 싶었지만, 카즈키가 잊어버렸다고 대답해버리면 더 캐물을 수도 없었다.

오랜만에 일이 일찍 끝난 마나는 서둘러 집에 들어갔다. 그런데도 오후 일곱 시가 넘었다.

마나의 집 창문은 깜깜했다. 카즈키는 목욕 중인 것일

까. 아니면 아직 외출 중인 것일까.

라르고가 몇 시까지 영업하는지는 모르지만, 카즈키가 집에 없으면 한번 가볼까. 마나는 그런 생각을 하며 문을 열었다.

집 안은 고요…했다. 카즈키는 욕실에도 없었다.

마나가 스마트폰으로 라르고의 영업시간을 찾고 있을 때, 현관문이 열렸다.

"어? 오늘은 일찍 왔네?"

카즈키가 마나를 보고 놀랐다.

"미리 연락 못 해서 미안해요."

"그건 괜찮은데, 저녁으로 파스타 괜찮아? 오늘도 마나가 늦게 올 줄 알고 나 혼자 간단하게 때우려고 했거든. 아, 맞다. 자, 이거."

카즈키가 봉투를 내밀었다.

"…이건?"

"우편함에 들어 있었어."

하얀 직사각형 봉투 겉에는 마나의 이름이 적혀 있었다. 하지만 보내는 사람의 이름은 어디에도 없었다. 무엇보다 ─.

"이거 언제 온 거예요?"

"글쎄? 오늘 난 오전부터 밖에 있었으니 언제 배달됐는지는 몰라. 우편함에 들어 있던 걸 가져왔을 뿐이야."

—거짓말! 이라고 외칠 뻔했으나 겨우 참았다.

마나는 조금 전 집에 도착했을 때 분명히 우편함을 확인했다. 이 지역에서는 저녁 일곱 시 이후에 우편물이 배달되는 경우가 없었다. 받는 사람 란에는 이 빌라의 주소와 마나의 이름이 제대로 적혀 있었다. 다만 전부 인쇄된 글자라 필적으로 이 편지를 보낸 사람을 특정할 수는 없었다.

"…정말 방금 가져온 거예요?"

"응. 방금 가져온 건데?"

카즈키는 평소와 똑같았다.

마나는 옷을 갈아입겠다며 부엌과 방 사이에 있는 문을 닫았다.

봉투 안에는 일할 때 사용할 법한 복사용지가 들어 있었다. 종이 한가운데에 짧은 문장 한 줄이 달랑 적혀 있었다.

그것을 본 마나는 등골이 오싹했다. 문 너머로 부엌 쪽을 보았다.

이 편지를 보낸 사람은 대체 무슨 생각일까? 무엇이 목적일까?

마나는 그 자리에 주저앉았다.

"…어?"

편지에만 신경이 쏠려 있었지만, 자세히 보니 편지가 들어 있던 봉투가 조금 이상했다. 언뜻 봤을 때는 일반 편지 봉투와 똑같았다. 우표가 붙어 있었고 센다이의 소인이 찍혀 있었다. 하지만 흐릿한 소인을 자세히 들여다보니 거기에 찍힌 날짜는 그저께나 어제가 아니었다. 봉투도 조금 비뚤게 붙어 있었다.

아무래도 한 번 사용한 봉투를 재활용한 듯했다. 그러니까 이 편지는 오늘 배달된 것도 아니고, 우체국을 통해서 온 것도 아니라는 뜻이었다. 그렇다면….

"마나."

카즈키가 부엌에서 마나를 불렀다.

"아, 네?"

"나 오늘 까르보나라 만들려고 생크림이랑 치즈를 사 왔는데, 괜찮아?"

카즈키가 문을 열더니 얼굴을 빼꼼 내밀었다.

"마나, 우유 알레르기 없지? 혹시 까르보나라 싫어해?"

"아뇨…. 좋아해요."

"다행이다. 그럼 오랜만에 같이 먹자. 피곤하겠지만 얼른 옷 갈아입어."

"네."라고 대답하며 마나는 다시 문을 닫았다.

부엌에서 가스레인지 불을 켜는 소리가 들렸다. 카즈키가 파스타용 물을 끓이는 모양이었다.

마나는 다시 편지 쪽으로 눈을 돌렸다.

—스즈쿠라 마나의 과거를 알고 있다.

이런 편지를 보낼 만한 사람은 한 명밖에 없었다. 마나는 부엌에서 들려오는 소리에 귀를 기울이며 편지를 가만히 바라보았다.

마나는 "다녀오겠습니다." 하며 평소와 비슷한 시간에 빌라를 나섰지만, 회사에 가지는 않았다.

회사에는 몸이 좋지 않아서 쉬겠다고 연락해두었다. 양심에 찔렸으나 이렇게 답답한 감정을 품은 채 카즈키와 함께 생활하기는 힘들었다.

카즈키의 말에 따르면 그는 오전에 보통 집에 머무른다고 했다. 다만 항상 같은 시간에 움직이는 것은 아니니 오전부터 외출할 때도 있는 듯했다.

라르고라는 카페는 카즈키의 말대로 상점가 안에 있었다. 영업시간은 오전 아홉 시부터 오후 일곱 시까지. 인터넷 후기를 보니 점심때가 가장 붐비는 듯했고, 오랫동안 머무르려면 오후 두 시 이후에 가는 것이 좋다고 했다. 그리고 계산을 하면 다음 방문 시에 쓸 수 있는 할인 쿠폰을 준다고 했다.

카즈키가 말한 내용과 일치했다. 하지만 카즈키도 똑같은 후기를 봤을 가능성이 있었고, 한두 번 가본 경험만으로 이야기했을 가능성도 있었다.

마나는 역 근처 패스트푸드점에 자리를 잡았다. 이 가게에서는 역이나 상점가로 갈 때 반드시 지나야 하는 길이 보였다. 카즈키가 외출하면 틀림없이 이 거리를 지나갈 것이다. 마나는 점원의 따가운 시선을 느끼면서도 개의치 않고 가만히 바깥을 응시했다.

카즈키의 움직임이 포착된 건 마나가 다섯 시간 정도 망을 봤을 때였다.

아침과 똑같은 옷을 입은 카즈키가 작은 가방을 들고 상점가 쪽으로 걸어갔다. 마나는 서둘러 가게 밖으로 나가 카즈키의 뒤를 밟았다.

미행해본 경험이 없는 마나는 카즈키와 얼마나 거리를 두어야 할지 몰라 고민했다. 직업 특성상 옷의 특징을 기억하는 데에는 자신이 있었지만, 카즈키가 입은 옷은 어디에나 있을 법한 색과 디자인이라 그다지 눈에 띄지 않았다. 조금이라도 방심하면 놓치고 말 것이다. 그렇다고 너무

가까이 갔다가 들키면 미행하는 의미가 없으니 가능한 한 거리를 둘 수밖에 없었다.

상점가에 다가가자 입구 쪽에서 작은 이벤트가 진행되고 있어 평소보다 많은 사람이 모여 있었다.

"죄송합니다. 잠깐 지나갈게요."

스피커에서 나오는 소리 때문에 마나의 목소리가 묻혔다.

큰 소리를 낼 수도 없는 마나가 인파에 막혀 애를 먹는 동안 카즈키의 모습은 서서히 멀어졌다. 마나가 사람들 사이를 비집고 나왔을 때, 카즈키는 사라지고 없었다.

"놓쳤다…!"

시간을 확인했다. 오후 두 시가 되려는 참이었다.

뒤를 밟지는 못했지만, 카즈키의 설명대로라면 그는 라르고에 있을 터였다. 마나는 카페 위치를 알고 있었다. 일단 라르고 근처까지 가야겠다고 생각한 순간, 카즈키가 다른 가게에서 나왔다.

마나는 급한 대로 옆에 있는 과일가게에서 과일을 구경하는 척했다. 그러면서 곁눈질로 카즈키를 확인했다. 카즈키는 마나를 알아보지 못했는지, 시원스럽게 길을 걸어갔다.

카즈키가 들어갔다 나온 가게는 중고서점이었다. 카즈키

는 거기서 40미터 정도 떨어진 곳에 있는 라르고에 들어갔다.

마나는 조금 떨어진 장소에서 카페 안의 상태를 살폈다.

카즈키는 항상 앉는 좌석이 정해져 있는지 망설임 없이 창가 자리에 가서 앉았다. 메뉴를 확인하지도 않고 카운터에 있는 점원에게 무어라 말하더니 방금 사 온 책을 펼쳤다.

"진짜였구나…."

카즈키는 거짓말을 하지 않았다. 마나는 가슴을 쓸어내렸다. 하지만 얼마 전에 받은 편지는 여전히 의문점투성이였다.

편지에 묻은 지문을 조사하면 무언가를 알아낼 수 있을지도 모르지만, 마나는 그런 일을 부탁할 만한 연줄도 없었고 애초에 그 편지는 카즈키가 전해준 것이니 당연히 그의 지문이 묻어 있을 터였다.

카즈키는 커피를 다 마셨는지 책이 아닌 스마트폰을 보기 시작했다.

"…이만 돌아갈까."

적어도 카즈키가 자주 오가는 장소는 확실히 알았으니 수확은 있었다. 그리고 여기에 계속 있어봤자 편지의 정체를 알 수 있는 것도 아니었다. 이제 그 편지를 어떻게 조사

할지 고민할 차례였다.

그때 갑자기 카즈키가 스마트폰을 보면서 밖으로 나왔다.

"…뭐지?"

카즈키가 지인의 연락을 받고 자리를 옮기는 상황처럼 보였다. 그런데 카즈키는 센다이에서 상경한 지 얼마 되지 않아 새 친구를 사귈 틈이 없었을 것이다. 그의 옛친구가 애초부터 도쿄에 있었다면 그 부분은 설명이 되겠지만, 기억이 없는 카즈키가 옛친구와 연락하며 지냈을 리는 만무했다. 센다이에 살던 지인이 잠깐 도쿄에 들른 김에 연락을 준 상황일 수도 있지만, 그렇다면 라르고에서 만났어도 됐을 것이다.

마나는 다시 카즈키의 뒤를 밟았다.

거의 상점가 끝에 다다랐을 때, 카즈키가 멈춰 섰다. 그 주변에 누군가를 기다리는 듯한 사람은 없었다.

"…어?!"

마나는 반사적으로 입을 틀어막았다.

한 남자 경찰관이 카즈키에게 다가갔다.

불심 검문이라도 하는 건가 싶었다. 하지만 마나는 곧바로 그렇지 않다는 것을 알 수 있었다.

주변의 소란스러움과 먼 거리 때문에 대화 내용은 들리

지 않았지만, 질문하는 쪽은 카즈키였고 경찰관은 거기에 짧게 대답하고 있었다. 무엇보다 카즈키의 표정은 마나와 있을 때와 사뭇 달랐다. 자신의 감정을 감추지도 않고 불쾌함을 그대로 드러내고 있었다.

카즈키가 경찰관에게 무언가를 문의하고 있는 것일까.

혹시… 기억이, 돌아왔나…?

"너 같은 걸 낳는 게 아니었어!"

엄마가 새빨개진 얼굴로 소리쳤다.

또 맞겠거니 생각했을 때, 현관문이 열리더니 옆집에 사는 마츠키 이모가 들어왔다. 마츠키 이모는 엄마의 '직장 동료'라고 했다. 이 아파트는 같은 일을 하는 사람들끼리 모여 사는 곳이라 나도 다른 사람들의 얼굴을 알았다.

이 아파트에서는 옆집의 대화 소리까지 다 들린다. 하지만 나를 걱정해주는 사람은 마츠키 이모뿐이었다.

마츠키 이모는 나를 보며 살짝 웃었다. 마츠키 이모가 웃어주자 계속 쿵쿵거리던 가슴이 차분해졌다.

엄마는 마츠키 이모를 보더니 또 술을 들이켰다.

"이런 애새끼를 낳는 게 아니었어."

엄마의 눈이 무서웠다. 원래도 무섭지만 취했을 때는 더 무서웠다.

"네가 없었으면 나는 훨씬 자유로웠을 텐데, 내가 왜 너를 낳았을까? 애새끼는 짐짝일 뿐인데."

엄마가 나를 때렸다. 찰싹하는 소리가 나더니 오른쪽 뺨이 얼얼하고 뜨거워서 나는 울음을 터뜨렸다.

"잠깐, 그만해."

마츠키 이모가 나와 엄마 사이에 끼어들었다.

"내 자식이니까 내가 어떻게 다루든 내 맘이잖아. 아, 진짜 시끄럽네. 그만 울어!"

엄마는 "시끄러워!"라고 고함쳤다. 내가 큰소리를 내면 조용히 하라고 하면서 정작 엄마는 큰소리를 내도 되나 보다.

어른이 되면 함부로 행동해도 되는 줄 알았는데, 얼마 전에 살짝 물어보니 마츠키 이모는 "그럴 리가 없잖아." 하며 난감한 표정으로 웃었다. 아무래도 함부로 행동해도 되는 사람은 엄마뿐인가 보다.

"그렇게 때리는데 애가 울음을 그치겠어? 출근할 때까지 아직 시간 남았으니까 내 방으로 데려갈게."

"그러시든지."

엄마는 귀찮은 길고양이를 쫓아내듯 손을 휘휘 내저었다.

"가자."

마츠키 이모가 내게 손을 내밀었다. 마츠키 이모는 나를 때리지 않았다. 가끔은 머리를 쓰다듬어주기도 했다. 그래서 사실은 마츠키 이모와 함께 살고 싶었지만, 예전에 내가 한번 그런 부탁을 했더니 이모가 무척 난감한 표정을 지어서 그런 말은 하면 안 된다는 걸 알았다.

바로 옆집이라 마츠키 이모의 집에 금방 도착했다. 집 구조는 우리 집과 똑같은데, 마츠키 이모의 집이 훨씬 깨끗하게 정리되어 있었다. 하지만 아무리 깨끗이 청소해도 낡은 건물인 건 마찬가지였다. 마츠키 이모는 입버릇처럼 "40년 된 건물이니까."라고 말했다.

"엄마는 오늘도 화가 났어. 어제도 그랬고 어제의 어제도 그랬지만."

"어제의 어제는 그저께라고 얼마 전에 이모가 가르쳐줬지?"

"아, 맞다. 그저께도."

"넌 참 똑똑한 애야."

"마츠키 이모가 공부를 가르쳐주니까."

"그럼 오늘도 공부할래?"

"응!"

나는 마츠키 이모의 방 책장에서 공책과 책을 꺼내왔다. 두 달 전, 이렇게 공부를 배우기 시작했을 즈음 마츠키 이모가 나를 위해 준비해준 것들이었다.

"공부를 좋아하다니 참 별난 애야."

"마츠키 이모는 공부가 싫었어?"

"음…. 싫지는 않았지만, 좋지도 않았어. 그래도 공부를 곧잘 하는 편이라 대학교까지 갔지."

"대학교…는 초등학교에 다니지 않으면 안 되는 거지?"

내가 우물거리며 묻자, 마츠키 이모는 머리를 쓰다듬어 주었다.

"안 된다기보다 못 들어가겠지. 뭐, 대학교를 나오고 회사에 취직해서 제대로 된 인생을 살다가도 언제 어디서 잘못된 길로 들어설지 알 수 없지만. 남자 때문에 신세 망친 사람이 너희 엄마뿐인 건 아니거든."

"이모, 제대로 된 인생이 뭐야? 그거 나도 할 수 있는 거야?"

마츠키 이모는 조금 슬픈 얼굴로 "정확하게는 '할 수 있다'가 아니라 '살 수 있다'라고 해야 해."라고 말했다.

마츠키 이모는 나를 처음 만났을 때, "몇 학년이야?"라고 물었다. 하지만 나는 그 질문의 의미를 몰라서 가만히 있었다. 그러자 마츠키 이모가 "몇 살이야?"라고 물어서 나는 "여덟 살."이라고 대답했다. 이모가 또 "학교는?"이라고 물어서 나는 "학교?"라고 되물었다.

초등학교, 유치원, 어린이집. 모두 처음 듣는 단어였다. 놀이터가 있는 건 알았지만, 친구는 없었다. 오빠도 언니도 남동생도 여동생도 없었다. 나는 늘 혼자 놀았다. 하지만 엄마가 집에 남자를 데리고 오면, 나는 집 밖으로 나가야 했다.

그러다 마츠키 이모를 만나서 평일 낮에 공부를 배우게

되었다. 공부 말고도 인사하는 방법, 젓가락질하는 방법, 버스 타는 방법도 마츠키 이모가 가르쳐 주었다. 가끔 옷도 주었다. 이모는 "남이 입던 거야."라고 말했지만, 그래도 나는 마냥 좋았다.

진짜 엄마보다 마츠키 이모가 더 엄마 같았다. 왜 그렇게까지 잘해주는지 물으니 마츠키 이모는 또 슬픈 표정을 지었다.

옆집에서 유리 깨지는 소리가 났다.

"아…. 또 유리잔을 던졌나 보다. 물건은 던지라고 있는 게 아닌데, 매일 사고만 치는 엄마네."

"맞아. 사고만 치는 엄마. 그래도 나한테 던지는 것보다는 나아. 아프지 않으니까."

내가 감정 없이 말한 것을 눈치챘는지 마츠키 이모가 웃었다.

"너한테는 익숙한 일이겠구나. 이해해주지 않아도 되지만, 너희 엄마가 조금 안 좋은 일이 있어서 그래. 일도 힘들고."

"그럼 엄마는 맨날 안 좋은 일만 있나 보다."

"아하하하! 너 말 잘한다. 그래, 맞아. 맨날 안 좋은 일만 있지. 맨날 화만 내고."

마츠키 이모는 손뼉을 치며 웃었다.

"사실 엄마가 맨날 화만 내는 건 남자 때문이지?"

"아…. 응, 뭐… 너희 엄마는 사랑에 서투르니까…."

마츠키 이모는 얼버무리듯 말했지만, 숨기지 않아도 나는 알고 있었다. 엄마가 늘 말하니까. 엄마가 하는 말에는 내가 모르는 단어도 섞여 있어서 마츠키 이모에게 뜻을 물어봤더니 "열다섯 살이 될 때까지는 몰라도 되는 말이야."라는 대답이 돌아왔다. 다만 이모는 곧 슬픈 표정을 지으며 "너는 그보다 일찍 알게 될 것 같지만."이라고 덧붙였다.

마츠키 이모는 "생각하는 게 중요해."라고 자주 말했다. 공부도 그중 하나라고 했다. 하지만 '남녀 사이의 일'은 일찍부터 알 필요가 없다고 했다. 그래서 그 이상은 묻지 않았다.

내가 국어 문제를 풀고 있을 때, 마츠키 이모는 "사실 학교에 보내는 게 좋을 텐데."라고 중얼거렸다.

"나도 학교에 갈 수 있어?"

마츠키 이모는 난감한 표정을 지었다.

"글쎄…. 너희 엄마는 저 상태고, 나도 이제 다른 사람을 위해 움직일 기력이 없거든."

마츠키 이모가 미안하다고 사과했다.

따뜻한 장소와 밥을 내주고 공부를 가르쳐주고, 잠들면 이불을 덮어주는 마츠키 이모가 왜 내게 사과하는 것일까.

답을 모르니 생각할 수밖에 없었다. 생각하는 것이 중요하다고 배웠으니까.

"마츠키 이모."

"응?"

"이거 무슨 말인지 모르겠어."

내가 책 한군데를 가리키자, 마츠키 이모가 그곳을 들여다보았다.

"아, 음독과 훈독이구나. 같은 한자도 읽는 법이 여러 가지라는 뜻이야. 예를 들면 이 문장에 같은 한자가 두 번 나오지? 뭐라고 읽게?"

"음, 이건 '아사朝'고 이건 '쵸쇼쿠朝食'. 그렇구나. 둘 다 아침 조朝 자를 쓰지만 읽는 법은 다르네."

"바로 그거야."

"똑같은데 왜 달라?"

"음…. 음독은 중국에서 쓰는 소리를 비슷하게 적은 거고, 훈독은 일본에서 쓰는 말을 한자에 가져다 붙인 거래. 그러고 보니 옛날에 배운 기억이 나네. 보통은 '이건 음독, 이건 훈독'이라고 의식하면서 읽지 않으니까 외우기가 어렵지."

"아침 조朝 말고 다른 한자도 그때그때 읽는 법이 달라?"

"물론이지. 음독으로만 읽는 한자도 있지만, 자주 쓰는 한자는 보통 음독이랑 훈독 둘 다 있어. 예를 들면….”

마츠키 이모는 공책에 '사랑 애愛' 자를 썼다.

“이 한자도 여러 가지로 읽을 수 있어. 음독하면 '아이'지만, 훈독하면 '이토시이'나 '우이', '메데루'로도 읽을 수 있어.”

“…그렇구나.”

옆집에서 또 쨍그랑하는 소리가 났다. 나와 마츠키 이모는 놀라서 서로 마주 보았다.

엄마는 무어라 고함을 쳤다. 거의 다 욕인 것 같았다.

“오늘은 유독 심하네.”

마츠키 이모가 한숨을 쉬었다.

나는 우리 집의 모습을 상상했다. 분명히 바닥에는 깨진 유리가 가득할 것이다. 나는 청소를 하다가 손을 베인 적이 여러 번 있었다. 하지만 청소를 하지 않으면 손을 베이는 것보다 훨씬 더 큰 아픔을 느껴야만 했다.

그런 곳으로 돌아가고 싶지 않았다. 하지만 마츠키 이모의 집에 계속 머물 수는 없었다. 내게는 그곳 말고 돌아갈 장소가 없었다.

“마츠키 이모.”

“왜?”

“엄마의 사랑은 어디에 있을까?”

"아… 음…. 잘은 모르지만 분명 어딘가에 있을 거야…"

마츠키 이모는 역시나 얼버무리기만 하고 제대로 대답해 주지 않았다.

하지만 나는 알고 있었다. 왜냐하면 벌써 8년이나 엄마와 함께 살았으니까.

나는 공책에 적힌 글자를 가리켰다.

"나는 사랑♥이 싫어."

마츠키 이모는 그때도 역시 슬픈 표정을 지었다.

제2장

해가 바뀌자 카즈키는 일을 시작했다. 요즘은 다친 다리의 상태가 좋은지 전보다 아프지 않은 모양이었다. 카즈키의 회사는 교대 근무제였고 일주일에 5일 동안 일하면 된다고 했다. 업무 내용은 건물 경비였다. 자연스럽게 마나와 카즈키는 마주치는 시간이 줄어들었다. 마나가 잠에서 깰 즈음이면 카즈키는 출근한 뒤였고, 마나가 퇴근하고 집에 돌아오면 카즈키는 이미 자고 있었다.

궁금한 점을 해결하려면 당사자에게 직접 물어보거나 다시 뒤를 밟아서 확인하는 수밖에 없었지만, 카즈키가 경찰관과 대화하는 장면을 봤다는 사실을 본인에게 알려서는 안 된다. 그러니 또 뒤를 밟는 방법밖에 없었지만, 마나는 함부로 일을 쉴 수도 없었다.

그렇다면 다시 카즈키의 물건을 뒤져봐야겠다는 생각이 들기까지는 그리 오랜 시간이 걸리지 않았다.

하지만 마나가 일을 마치고 돌아오면 카즈키는 보통 집에 있었다. 그러면 기회는 아침 시간뿐인데, 카즈키는 최근에 결근자 대신 낮 근무를 맡게 되었다며 아침에도 마나와 비슷한 시간에 집을 나설 때가 많았다. 직장 위치나 퇴근 시간을 고려하면 카즈키가 마나보다 일찍 집에 도착할 수밖에 없었다.

마나는 당분간 기회를 엿보기 어렵겠다고 체념했지만, 때는 의외로 빨리 찾아왔다.

'오늘 퇴근이 늦어져서 저녁은 마나 혼자 먹어야겠어.'

오후 한 시가 될 무렵이었다. 마나는 점심시간이 한 시까지였다. 급하게 답장을 보냈다.

'알겠어요. 회식이에요?'

'응. 오늘 교대 시간이 잘 맞아서.'

마나는 동료들이 자꾸 회식 얘기를 꺼낸다고 했던 카즈키의 말을 떠올렸다. 카즈키는 귀찮아서 계속 거절했다고 했는데, 더는 거절하기 힘든 모양이었다.

카즈키의 불만 가득한 표정이 머릿속에 그려졌지만, 이건 마나에게 절호의 기회였다.

'재미있게 놀다 와요.'

'알겠소!'라는 메시지와 함께 딸려 온 사무라이 이모티콘을 끝으로 대화가 마무리되었다.

스마트폰을 집어넣은 마나는 서둘러 머릿속으로 계산기를 두드렸다.

카즈키의 근무가 끝나는 시간은 오후 다섯 시. 그렇다면 회식은 여섯 시 전후에 시작될 것이다. 회식이 일찍 끝난다 해도 식당에서 나오면 여덟 시쯤일 테니 카즈키는 일러도 여덟 시 반쯤 집에 도착할 것이다. 마나는 서둘러 퇴근하면 일곱 시쯤에는 집에 도착할 수 있었다. 그러니까 한 시간 반만큼 혼자만의 시간이 생긴다는 뜻이었다.

그 한 시간 반 동안 무엇을 해야 할까.

최근에 카즈키가 태블릿 컴퓨터를 사용하는 모습을 보고 그 안을 뒤져보려고 하다가 비밀번호를 몰라 단념한 적이 있었다.

달리 확인해 볼 만한 물건으로는 집에 놓아둔 노트북이 있다. 마나가 구매한 물건이었지만, 보통 업무와 관련된 작업은 회사 컴퓨터로 했고 개인적인 일은 스마트폰으로 해결했기에 사용할 일이 없었다.

그래서 마나는 카즈키에게 노트북을 마음껏 쓰라고 일러두었다. 하지만 그 노트북은 공용이니 수상한 흔적을 남겼을 가능성은 적었다.

"아⋯. 어쩌지?"

타니무라가 머리를 헝클며 자기 책상으로 돌아왔다. 점심을 먹다가 전화가 와서 잠시 자리를 떴다 돌아오는 길이었다. 점심시간이 5분도 남지 않은 시각이었다.

타니무라의 초췌한 얼굴을 보자 마나는 무슨 일이 생겼는지 짐작이 갔다.

"혹시⋯."

"응⋯. 큰일이네."

타니무라가 스케줄 관리 소프트웨어를 확인하며 연거푸 한숨을 내쉬었다.

근무시간에 타니무라에게 사적인 전화가 걸려온다면, 그건 십중팔구 어린이집에서 온 연락이었다. 아직 한 살인 타니무라의 어린 자녀는 어린이집에서 전염병이 돌 때마다 새로운 병을 얻어왔다.

그때마다 타니무라는 걱정과 난감함이 섞인 표정을 지었다. 얼마 전 점심 회식 자리에서 "일도 육아도 다 어중간해. 매일 아침 오늘은 무사히 지나갈 수 있을까, 어린이집에서 전화가 오지는 않을까, 조마조마해."라고 말하며 울음을 터뜨렸다.

"마나 씨, 미안한데…."

타니무라가 부르기 전부터 마나는 이미 어떤 부탁을 받을지 알고 있었다. 하지만 마나가 직접 이야기를 꺼낼 수는 없었다. 타니무라의 일을 떠맡게 되면 그만큼 마나의 일이 지체될 것이고, 당연히 집에 일찍 들어가기도 어려워질 것이기 때문이다. 하지만…. 마나는 주먹을 꽉 쥐었다.

타니무라는 마나가 갓 입사했을 때부터 여러모로 도움을 주던 선배였고, 호다카 문제가 생기지 않았다면 마나는 지금도 타니무라의 일을 보조했을 것이다.

"제가 할 수 있는 건 도울게요."

"미안해. 정말 미안해. 오후 업무에 대해서는 내가 위에 말해둘 테니까 자세한 얘기는 다른 사람 통해서 들어줘."

타니무라는 마나에게 말하는 동안에도 바쁘게 손을 움직였다. 인수인계할 일을 정리하고 회사 안을 이리저리 돌아다니나 싶더니, 25분 뒤에는 벌써 사라지고 없었다.

그런 힘은 대체 어디에서 나오는 것일까.

타니무라는 가정과 자녀, 자기 자신을 챙기면서 동시에 일까지 했다. 가끔은 모든 일을 완벽하게 처리해내지 못하는 날도 있을 것이다. 그럼에도 타니무라는 온 힘을 다해 자신이 할 수 있는 일을 했다. 자녀 이야기를 할 때면 흘러넘치는 사랑이 마나의 눈에도 보이는 것 같았다.

세상에는 그런 엄마도 있다는 사실을 알고 있었지만, 인터넷이나 책으로 접하는 것과 실제로 눈앞에서 보는 것은 차이가 컸다. 마나는 그 모습을 보며 존경심과 함께 가슴속에서 올라오는 저릿한 통증을 느꼈다.

마나도 그 통증의 정체가 무엇인지 알고 있었다. 하지만 그 감정을 어떻게 처리할 방법이 없어서 그저 모르는 척 넘길 수밖에 없었다.

"마나 씨."

마나는 예상대로 찾아온 상사 쪽으로 몸을 돌리며 의자 방향을 바꿨다.

"네. 입점 건으로 오신 거죠?"

상사는 마나에게 자료를 건네며 "미안해요."라고 사과했다.

"저번에 담당을 바꿨는데 또 이 일을 맡기게 됐네."

"아니에요. 그건 저 때문이었잖아요."

"마나 씨 탓이 아니야. 그래도 이번에는 그 사람이 없는 곳이니까 안심해도 될 거야."

'그 사람'은 호다카를 가리키는 말이었다. 호다카의 회사와 마나의 회사는 완전히 연이 끊겼다. 그때 이후 호다카는 한 번도 마나 앞에 나타나지 않았고 연락도 하지 않았다.

마나의 회사는 이미 다른 건물과 직영점 계약을 맺었다. 이제 매장을 어떻게 운영해나갈지 정하는 단계였다. 단기적으로는 당연히 고객의 목소리를 직접 들을 예정이었고, 중장기적으로는 디자인 폭을 넓혀나갈 가능성도 있다고 했다. 생각해야 할 것이 산더미처럼 많았다.

"온라인 쇼핑몰이랑 오프라인 매장은 고객층도 다를까요?"

"현재로서는 취급하는 상품이 같으니까 고객 연령대가 비슷하겠지만, 고객층이 완전히 같지는 않을 거야. 신규 고객이 늘면 좋겠는데…. 요즘엔 저렴한 옷이 많이 나와서 경쟁이 치열해. 하지만 기존 고객을 지키기만 해서는 현상 유지도 안 되니까 우리도 치고 나가야지."

"그렇죠."라고 대답하면서도 마나는 퇴근이 늦춰진 데에 실망감을 감출 수 없었다.

회의는 오후 네 시가 넘어 끝났다. 타니무라 대신 상사와 함께 회의에 들어갔지만, 마나가 한 일이라고는 자료 배부와 상품 샘플 전시뿐이었다. 타니무라라면 더 많은 일을 할 수 있었을 텐데 자리를 비웠으니 상사가 혼자 고군분투할 수밖에 없었다.

엘리베이터를 타고 12층 사무실에서 1층 현관 홀로 내려오자, 유리창 너머로 들어오는 햇빛이 어슴푸레하고 공기가 매우 습했다. 하늘에 구멍이라도 뚫린 듯 억수가 쏟아져 내려 아스팔트 위로 빗방울이 마구 튀어 올랐다.

"아…. 벌써 쏟아지기 시작했네. 마나 씨, 우산 있어?"

"아니요. 오늘 아침 일기예보를 못 봤어요. 오늘 비가 온다고 했군요."

건물 안으로 들어올 때는 맑기만 하던 날씨가 몇십 분만에 흐려졌다.

"얼른 잦아들면 좋겠는데…."

하늘은 온통 먹구름으로 뒤덮였다. 소나기 같지는 않았

다.

이 상태라면 우산을 쓰고 나가도 물에 빠진 생쥐 꼴이
될 것이 뻔했다. 출입구에서는 비에 흠뻑 젖은 사람들이
하나둘 건물 안으로 뛰어 들어오고 있었다.

마나는 상사와 함께 바깥을 바라보며 비가 잦아들기를
기다리기로 했다.

"그나저나 오늘은 몇 시에 일이 끝나려나? 여기서 바로
퇴근하면 좋을 텐데. 내일까지 끝내야 하는 일도 있고…."

"죄송해요. 제가 도움이 못 돼서…"

"무슨 소리야? 나는 감투 쓴 사람이고, 마나 씨는 아직
2년 차잖아. 잘하고 있어."

"그래도…"

"오늘은 갑작스럽게 대타가 된 거라 어쩔 수 없었잖아.
앞으로는 누구를 대신해야 할지 모르니까 주변에서 이것
저것 많이 듣고 배우면 돼."

"네."라고 대답했지만, 마나의 마음이 무거운 이유는 비
단 오늘 일 때문만은 아니었다.

마나는 명색이 디자이너면서도 하나부터 열까지 직접
손을 댄 상품이 많지 않았다. 보통은 이전 시즌에 평이 좋
았던 상품을 리뉴얼하거나 다른 사람을 보조하는 업무를
맡았다. 물론 새로운 디자인을 제시하기도 했지만, 마나의

디자인은 좀처럼 채택되지 못했다.

"이제야 겨우 전 시즌을 다 경험한 상태니까 어떻게 보면 지금이 1년 차야. 초조해할 필요 없어."

"그렇지만⋯, 저는 이 일을 그만두고 싶지 않아요."

"갑자기 무슨 말이야? 우리 회사에서 마나 씨를⋯, 아니, 누굴 정리해고하자는 말은 나온 적이 없어. 왜 갑자기 그만두는 얘기가 튀어나와?"

마나는 토모에를 떠올렸다. 토모에는 해외 디자이너와 일하면서 잡무나 했다고 말했지만, 실상은 그렇지 않았다. 조금 전 우연히 토모에의 회사와 협업하는 사람을 만나 알게 된 사실이었다. 토모에는 마나와 똑같은 2년 차였지만, 회사에 많은 보탬이 되는 직원인 듯했다. 그래서 토모에의 퇴사를 아쉬워하는 사람이 많다고 했다.

회사도 다르고 업무도 다르다. 비교해봤자 무의미하다. 그렇게 생각하면서도 마나는 초조했다.

무엇보다 마나는 이 일을 하기 위해 목숨을 걸고 여기까지 왔다. 놓치고 싶지 않았다. 도움이 되지 않는다는 말은 듣고 싶지 않았다. 자신이 조금 더 떳떳하게 일하고 있다는 느낌을 받고 싶었다.

상사가 마나의 어깨를 가볍게 토닥였다.

"우리 회사는 마나 씨 또래가 입는 옷을 만드는 게 아니니까 금방 이것저것 다 해내기는 힘들 거야. 아까도 말했지만 초조해할 것 없어. 경험은 절대 헛되지 않…, 어?!"

상사가 갑자기 목소리를 높였다. 그 목소리가 홀 안에서 메아리쳤다. 지나가던 사람들이 따가운 눈빛으로 마나와 상사 쪽을 쳐다보았다. 하지만 상사는 그런 시선을 신경 쓸 겨를도 없는지 황급히 가방 안을 뒤적였다.

"역시 빠뜨렸잖아."

상사가 가방에서 꺼낸 물건은 거래처에 넘겼어야 할 서류였다.

"이거 전해주고 올게. 내가 내려오기 전에 비가 잦아들면 기다리지 말고 바로 회사에 가."

"알겠습니다."

상사는 엘리베이터 쪽으로 달려갔다.

홀로 남은 마나는 가방에서 스마트폰을 꺼내 날씨 정보를 찾았다. 예보대로라면 한동안은 지금 상태가 계속될 듯했다.

마나가 스마트폰 화면에서 눈을 떼고 고개를 들었을 때, 엘리베이터 쪽으로 사라지는 상사를 스쳐 지나가는 익숙한 실루엣을 발견했다. 그 사람을 확인한 마나는 마치 전기가 오른 것처럼 몸을 떨었다.

스마트폰으로 얼굴을 가리면서 곁눈으로 상대를 살폈다.

카즈키였다. 카즈키는 건물 경비 아르바이트를 하는 중이니 이곳에 있어도 이상하지는 않았다. 하지만 유니폼 차림은 아니었다. 오늘 아침 집에서 나갔을 때와 똑같은 옷을 입고 있었다.

어떤 특별한 이유로 일이 일찍 끝난 것일지도 모르지만, 원래는 오늘 다섯 시까지 근무였고 그 뒤에는 회식을 한다고 했다. 갑자기 일정이 변경된 것일까…?

"야, 혼자 먼저 가지 마."

카즈키와 비슷한 또래의 남자가 그 뒤에 따라붙었다. 청바지에 짧은 코트를 입고 스니커즈를 신은 캐주얼한 차림의 남자였다.

―어디서 본 적이 있는 것 같은데….

마나가 기억을 더듬는데, 카즈키와 그 남자가 출입구 근처에 있는 마나 쪽으로 다가왔다.

마나는 두 사람에게 등을 돌리며 통화하는 척 귀에 스마트폰을 갖다 댔다.

"넌 왜 이렇게 단독 행동을 좋아하냐? 말려도 듣지도 않고."

"말려달라고 한 적 없어."

"그렇긴 한데, 너 요즘 신경과민이잖아. 고양이가 온몸에 털을 세우고 '으악!' 하는 것처럼."

"고양이는 '으악!'이라고 울지 않아."

"비유잖아, 비유. '으악'이든 '우악'이든 '으엑'이든, 아무튼 네 분위기가 달랐다는 말이야."

목소리는 더 가까워졌지만, 마나는 뒤를 돌아볼 수 없었다. 온몸의 신경을 귀에 집중시켰다.

"갑자기 누가 불러내서 그런 거 아닐까?" 카즈키가 말했다.

마나는 자기도 모르게 '앗!'이라는 소리를 낼 뻔했지만, 가까스로 눌러 참았다.

생각이 났다. 카즈키 옆에 있는 남자는 며칠 전 상점가에서 본 경찰관이었다. 지금은 경찰 제복 차림이 아니라 바로 알아차리지 못했지만 틀림없었다.

"갑자기가 아니라, 네가 내 연락을 무시해서 나도 어쩔 수 없었다고. 아무리 연락해도 답장 한 번을 안 하니까."

"과장하기는. 한두 번 읽고 씹었을 뿐이잖아."

"내가 용건이 있다고 했잖아."

"괜히 무게 잡지 말고 먼저 용건부터 말했으면 나도 답을 했겠지."

"네가 놀라는 얼굴을 두 눈으로 직접 보고 싶었단 말이야."

대화 분위기로 보아 두 사람은 친한 것 같았다. 모르긴 몰라도 최근 도쿄로 상경한 뒤에 알게 된 사이는 아닌 듯했다.

경찰관과 친구?

친하게 지내던 친구가 경찰이 되었을 수는 있다. 하지만 기억을 잃기 전의 카즈키는 절대 품행이 단정한 사람이 아니었다. 잊을 만하면 사람들과 싸움이 붙었고 음주운전을 하면서도 죄책감을 느끼지 않았다.

—기억을 잃은 뒤에 알게 된 사람인가?

"아무튼 너 정말 어쩔 생각이야?"

"한마디로 설명하기는 어려워."

두 사람은 대화를 나누며 마나의 뒤로 지나갔다. 그대로 밖으로 나갈 줄 알았으나, 출입구 앞에서 걸음을 멈추었다.

"그럼 지금부터 천천히 얘기… 아, 비가 너무 많이 온다. 잠깐 기다릴래?"

"나는 우산 있는데?"

"우산이 있어도 비가 이렇게 많이 쏟아지면 젖을 수밖에 없잖아. 잠깐 기다리자. 2층에 카페가 있었지, 아마?"

"원래 다른 카페에 가려던 거 아니었어?"

"어디든 상관없잖아. 어차피 다 똑같이 커피 파는 곳인데."

"똑같지 않아. 곧 잦아들 테니까 있어 봐."

"커피에 집착하기는. 그럼 조금만 기다려 보고 변화 없으면 2층에 있는 카페로 가는 거다."

남자는 카즈키의 대답을 듣지도 않은 채 걸음을 돌려 마나 쪽으로 다가왔다.

아무래도 마나처럼 바깥 상황을 살피면서 비가 그치기를 기다리려는 것 같았다.

비슷한 사람들이 주변에 많아서 카즈키는 아직 마나를 알아보지 못한 모양이지만, 계속 그대로 있다가는 들키는 건 시간문제였다.

물론 들키더라도 마나는 일 때문에 여기에 온 것이니 문제 될 게 없었다. 하지만 카즈키가 직장 동료와 회식을 한다던 말은 거짓말이었다. 며칠 전에 본 경찰관을 만나기 위해 카즈키가 거짓말을 했다는 사실을 마나는 모르는 척하고 싶었다.

마나는 카즈키에게 들키지 않게 조심하며 출입구 쪽으로 향했다.

비는 아직도 세차게 쏟아지고 있었다. 하지만 마나는 개의치 않고 밖으로 나갔다. 시야를 가리는 굵은 빗줄기가 마나의 모습까지 가려 주었다.

카즈키는 그 남자를 기억하고 있었다. 문제는 기억을 잃기 전에 알던 사람인지, 기억을 잃은 뒤에 알게 된 사람인지였다.

마나가 들은 이야기가 어디까지 진실인지 의심하기 시작하면 끝이 없다. 마나는 지금의 카즈키를 믿고 싶었고, 아직까지는 믿는 마음이 더 컸다.

마나는 비를 흠뻑 맞으며 역을 향해 걸어갔다.

삐비비빅. 전자음이 울렸다. 마나는 겨드랑이 밑에서 체온계를 뺐다.

"열 좀 내렸어?"

한쪽 귀에만 낀 이어폰을 빼며 태블릿 컴퓨터 화면에서 눈을 뗀 카즈키가 체온계를 달라고 오른손을 내밀었다.

"내렸어요."

마나가 체온계를 케이스에 집어넣으려 하자, 카즈키가 재빨리 빼앗았다.

"과소신고하는 사람 말은 못 믿어."

어제 비를 맞고 회사로 돌아간 마나는 곧 목이 아프기 시작했다.

어젯밤에는 열도 없었고 기침도 나오지 않았지만, 오늘 아침 일어나보니 몸이 무겁고 뼈마디가 쑤셨다. 침만 삼켜도 목이 따가웠다.

그래도 마나는 회사에 가려고 했다. 오늘만 출근하면 내

일은 토요일이었다. 주말에는 푹 잘 수 있었다. 하지만 몸이 좋지 않은 것을 바로 카즈키에게 들키고 말았다.

아침에 카즈키가 열을 재라며 건넨 체온계에는 38.4도라는 숫자가 떴지만, 마나는 37.4도라고 대답했다.

카즈키는 콧방귀를 뀌었다. 체온계를 확인해 보면 거짓말임을 바로 알 수 있었다.

"본인은 모르나 본데, 지금 마나는 목소리도 안 나오고 눈은 글썽글썽하고 얼굴은 벌겋고 움직임은 굼떠. 기초체온이 35도인 사람은 미열만 있어도 그런 증상이 나타나겠지만…, 마나가 그런 사람은 아니잖아?"

카즈키는 "회사 가지 말고 푹 자."라고 혼을 냈고, 마나는 그 이상 저항할 기력도 체력도 없었다. 그리고 오늘은 카즈키가 일을 쉬는 날이라 행동을 감시할 수 있을 테니 괜찮겠다는 생각도 들었다.

"아까보다는 체온이 떨어졌죠?"

"오차 범위야."

아침보다 체온이 0.1도 낮게 나왔지만, 카즈키의 말을 부정할 수는 없었다.

"그나저나 회사에 가려고 괜찮은 척할 줄이야…. 가끔은 회사를 땡땡이치고 싶지 않아?"

"이불에서 나가기 싫을 때는 있지만, 일을 쉬고 싶었던 적은 없어요."

"성실하네."

성실…한 것이 아니었다. 지금 하는 일을 잃고 싶지 않아서 계속 달릴 수밖에 없었을 뿐이다.

카즈키는 체온계를 정리하며 마나에게 다시 이불을 덮어주었다.

"그보다 뭐라도 마실래? 목마르지 않아?"

"제가 알아서 할 테니까 신경 쓰지 않아도 돼요."

"마나…."

카즈키의 눈썹이 올라갔다. 그게 카즈키가 화났을 때 짓는 표정이라는 것을 알 수 있을 만큼 마나는 짧지 않은 시간을 그와 함께 보냈다.

"아플 때도 의지하지 못할 만큼 나를… 못 믿는 거야?"

도쿄에서 함께 산 지 벌써 2개월이 넘었다. 카즈키는 집으로 돌아온 첫날 말한 대로 한 번도 마나를 때리거나 위협하지 않았고, 만지지도 않았다. 약속을 지키고 있었다.

그러니 믿지 못하는… 것은 아니었다. 적어도 지금 카즈키가 마나를 걱정해주는 마음은 거짓이 아닐 테고, 화를 내는 이유도 마나가 억지를 부리기 때문이었다.

"그게 아니라…, 줄곧 혼자 알아서 해왔거든요. 감기로 앓아누운 게 이번이 처음은 아니니까."

"그럴 때는 어떻게 했어?"

"잤어요."

"그냥 잤다고? 병원은?"

"감기 정도는 자고 일어나면 금방 나아요."

"하긴 감기 자체에 드는 약은 없다고는 하던데…. 그럼 밥은 어떻게 했어?"

"바로 먹을 수 있는 음식이 있으면 그걸 먹었고, 없으면 차나 음료수로 때웠어요."

그마저도 없으면 수돗물을 마셨다. 독감에 걸려 사흘 동안 앓아누웠을 때도 그렇게 버텼다. 다만 병명이 정말 독감이었는지는 병원에서 진단을 받은 게 아니라 확실치 않았다. 한창 독감이 유행할 때 마나도 열이 났고, 주변 사람들과 증상이 비슷해서 독감이었으리라 추측할 뿐이었다.

카즈키는 말없이 부엌으로 가더니 스포츠음료와 컵을 들고 돌아왔다.

"자, 이거 마셔. 으쌰."

당연히 페트병째로 주는 줄 알았는데, 카즈키는 마나가 보는 앞에서 컵에 음료를 따라 주었다.

"우선은 수분 보충부터."

마나는 잠자코 컵을 받아 들었다.

아무리 아프다고는 하나, 너무 과보호 아닌가.

마나는 지금껏 이런 대접을 받아본 적이 없었다. 그래서 카즈키에게 무슨 꿍꿍이가 있는 것은 아닌지 의심이 들었다.

"뭐 먹고 싶은 거 있어?"

마나는 냉장고 안에 어떤 재료가 있는지 떠올렸다. 어제는 카즈키가 늦게 들어와서 식재료를 채워놓지 않았다. 냉장고에 있는 재료는 기껏해야 당근과 치즈, 달걀 정도였고, 그중에는 마나가 먹고 싶은 음식이 없었다.

"지금은 식욕이 없어서…"

"마나가 지금 무슨 생각을 하는지 알 것 같은데, 나 지금 장 보러 갈 예정이니까 먹고 싶은 게 있으면 눈치 보지 말고 얘기해."

"하지만…"

"하지만이 아니라, 원하는 걸 얘기해주면 좋겠어. 생각나는 게 있을 거 아니야? 과일이나 요구르트처럼 삼키기 쉽고 산뜻한 건 먹을 수 있지? 만약 그런 것도 못 먹을 것 같으면 당장 병원에 데려갈 거야. 마나가 안 가겠다고 버티니까 지금은 가만히 있지만."

"병원을 별로 좋아하지 않아요."

"병원을 좋아하는 사람은 보통 없지 않나…? 설마 건강보험증을 잃어버린 건 아니지?"

"그건 아니에요."

"그럼 지금 병원 갈까?"

"사양할…, 으…."

큰 목소리를 내서인지 마나는 기침을 콜록거렸다.

"얌전히 자고 있어. 아무튼 나 뭐 사 오면 돼?"

"음…."

아무것도 말하지 않으면 똑같은 대화가 끝없이 반복될 것 같았다.

마나는 키위라고 대답했다.

"그거 말고는?"

"…푸딩."

"알았어. 그럼 키위랑 푸딩, 그리고 다른 것도 적당히 사 올게. 감기약도 거의 다 떨어졌으니까 사 오고. 만약에 내가 나간 사이에 더 부탁할 게 생기면 바로 연락해. 바로. 알았지?"

"네."

다정하다. 다정하지만…. 아니, 카즈키가 다정하게 대해주면 대해줄수록 불안감은 커져갔다.

마나는 평소보다 멍한 머리로 그 불안감을 없앨 방법을 생각했다.

조금 전까지 카즈키가 들고 있던 물건이 문득 눈에 들어왔다.

"뭐 보고 있었어요?"

마나가 태블릿 컴퓨터를 가리켰다.

태블릿 컴퓨터의 사용 이력은 아직 확인하지 못했다. 마나가 옆에 있었던 만큼, 카즈키는 대답하기 곤란한 무언가를 보지는 않았을 것이다. 그래도 마나에게는 지금이 기회였다.

"아…. 계속 잠만 자기도 힘들겠구나. 마나도 볼래? 내가 장 보고 오는 동안 써도 돼. 스마트폰보다 화면이 커서 보기 편할 거야. 누워서 보기에는 팔이 아플지도 모르지만."

마나는 주저 없이 "네."라고 대답하며 태블릿 컴퓨터를 받아들었다. 화면에 TV 프로그램 다시보기 사이트가 떠 있었다.

"어제 못 봤거든."

마나는 그 말을 듣자 비로소 기억이 났다. 화면에 표시된 프로그램은 카즈키가 챙겨 보던 드라마였다. 마나의 집에는 비디오레코더가 없어 TV 영상을 녹화할 수 없었다. 태블릿 컴퓨터의 사용 이력을 확인해 보니 TV 프로그램과 구인 사이트, 센다이를 검색한 흔적이 있었지만, 그 밖에 특별히 눈에 띄는 점은 없었다.

"그러고 보니 어제는 회사 사람이랑 회식했다고 했죠?"

"왜 그런 걸 물어?"

카즈키가 단도직입적으로 물었지만, 마나는 열 때문인지 머리가 돌아가지 않았다. 핑계를 댈 말이 떠오르지 않았다.

"혹시 내가 바람피울까 봐 의심하는 거야?"

카즈키는 마나의 반응을 살피며 생글거렸다.

"아니에요!"

"그렇게까지 강하게 부정할 필요는 없잖아."

카즈키는 실망한 듯 어깨를 축 늘어뜨렸다.

카즈키는 마나가 질투해주기를 바라는 것일까. 기억은 없지만 연애감정은 느낀다는 의미인가.

하지만 카즈키는 기억을 잃기 전에 마나에게 폭력을 휘둘렀다. 정말 감정이 있었다면 과연 폭력을 휘둘렀을까…?

"아니야."

"네?"

"그렇게 고민스러운 표정으로 뭘 의심하는지는 모르겠지만, 회식은 회사 사람이랑 한 게 아니라고."

"근데 그때 교대 시간이 잘 맞았다고…."

"아, 맞아. 그건 그 사람 쉬는 날이랑 시간이 잘 맞아떨어졌다는 말이었어."

"그럼 누구랑…."

가장 중요한 질문을 하려는데, 마나의 스마트폰이 울렸다. 회사에서 온 전화였다. 스마트폰 화면이 카즈키에게도 보인 모양이었다.

"그럼 나는 장 보러 갔다 올게. 오늘은 일 쉬는 거야. 자고 있어. 응? 알았지?"

카즈키는 일방적으로 말하고는 밖으로 나가버렸다.

출근하라는 내용의 전화는 아닐 것이다. 마나가 담당하는 업무에 관해 회사 외부에서 문의가 들어왔다는 내용일 것 같았다. 용건은 금방 끝날 것이다. 마나는 카즈키가 사라진 문을 바라보며 "여보세요."라고 전화를 받았다.

그날 밤, 마나는 열이 떨어졌다. 토요일에는 종일 쉬었고 일요일이 되자 몸이 가뿐해졌다.

"몸 상태가 괜찮으면 같이 쇼핑이라도 갈까?"

마나가 빨래를 널고 있을 때, 카즈키가 스마트폰으로 책을 읽으며 말했다. 카즈키는 요즘 전자서적까지 사기 시작한 듯했다. 책장이 가득 차 책을 넣을 수 없어서라고 했다.

"뭘 사려고요?"

"딱히 살 건 없지만, 다섯 역만 가면 쇼핑몰이 있으니까 잡화나 옷, 식료품 같은 걸 구경하러 가볼까 싶어서."

"갈래요!"

마나가 적극적으로 반응하자 카즈키가 놀라서 눈을 동그랗게 떴다.

"…뭐 갖고 싶은 거라도 있어?"

"아니요. 그게 아니라 이번 시즌 옷을 확인하고 싶어서요."

"시장 조사 같은 거야?"

"그런 이름을 붙일 만큼 제대로 조사하는 건 아니지만, 비슷한 느낌이에요. 마침 요즘 봄옷이 나오는 시기거든요. 우리 회사도 매장 판매 상황에 따라 라인업을 수정할지도 몰라요. 물론 아직 확실한 건 아니지만요."

마나가 열정적으로 이야기하자, 카즈키는 못 말리겠다는 듯 천장 쪽을 바라보았다.

"뭐, 그래도 상관은 없지만, 그냥 순수하게 아이쇼핑을 하고 싶을 때는 없어?"

"시장 조사 말고요?"

"아니야, 됐어…. 아무튼 의외다. 본인 옷차림에는 특별히 집착이 없는 것 같은데 옷을 그렇게 좋아한다니. 디자이너들은 특이한 옷을 입는다는 이미지가 있었는데 말이야."

"TV에 나오는 디자이너들이 특이하게 입고 다녀서 그런 이미지가 생겼…다고 단정 지을 수는 없겠네요. 생각해보니 패션 학교에 다닐 때도 개성 넘치는 옷을 입는 학생이 많았어요. 물론 저도 가끔은 튀는 옷을 사고 싶지만, 회사 분위기에 맞추는 게 좋을 것 같아서 자제하고 있어요."

마나는 빨래를 다 넌 뒤에 외출 준비를 시작했다. 진작 외출 준비를 마친 카즈키는 심심한지 마나가 화장하는 모습을 지켜보았다.

"옷에 관심이 생긴 계기는 뭐야?"

"계기…요?"

마나가 어렸을 때는 옷에 관심이 있고 없고를 떠나, 꾸미고 치장할 생각을 할 여유조차 없었다. 하지만 마나를 돌봐주던 여성이 어린이용 원피스를 주었을 때는 무척이나 기뻤다. 새 옷은 아니어도 깨끗하던 그 원피스는 체크무늬 원단에 검은 벨벳 리본이 달린 디자인이었다. 옷깃에는 레이스, 소매에는 진주 단추. 외출용 원피스를 입고 나갈 곳이 없어 마나는 그 옷을 준 사람의 집에 입고 갔다. 공주님이 된 기분이 들었다.

하지만 그것이 직접적인 계기는 아니었다.

"친구에게 영향을 받았어요."

"얼마 전에 만난 곧 결혼한다는 친구?"

"토모예요? 아니요. 그 애는 패션 학교에 입학하고서 만난 친구라, 그때는 제가 이미 이쪽으로 진로를 정한 뒤였어요."

"아, 그렇구나. 그러면…?"

마나는 그 계기를 만들어준 사람의 미소를 떠올렸다.

"옛날… 친구예요."

그때 마나의 외출 준비가 끝나 이야기는 거기서 한차례 마무리되었다. 그런데 역까지 걸어가는 길에 카즈키가 "어떤 친구였어?"라고 물었다.

마나는 그 질문이 조금 전에 하던 이야기와 이어진다는 것을 바로 깨닫지 못했다. 마나가 말없이 있자, 카즈키는 "옷에 관심이 생긴 계기 말이야."라고 덧붙였다.

"그렇게 궁금해요?"

"마나가… 지금 하는 일을 시작한 이유니까."

"남이 들으면 시답지 않을 이야기예요."

"그래도 괜찮으니까 얘기해줘."

그때는 마나가 결혼하기 전이었다. 10대 후반부터 일하던 곳에서 또래 여자애를 알게 되었다. 나이는 물론 외모 콤플렉스도 비슷해서 금세 친해졌다. 일을 쉬는 날에도 자주 같이 놀았다.

"저희는 비슷한 점이 많았지만, 패션을 대하는 태도는 사뭇 달랐어요. 저는 유행을 따랐고, 그 친구는 남들과 다른 스타일을 좋아했어요."

가끔은 몹시 특이한 옷을 입었지만, 그것 역시 그 친구의 개성이었다. 이목을 끄는 데에 쾌감을 느끼는 그녀의 옷차림은 비슷한 또래의 여자들 사이에 섞이면 더더욱 눈에 띄었다.

"그래서 남들과 똑같은 옷은 입기 싫다면서 심플한 옷을 리폼해서 입었는데…."

"혹시 그 친구한테는 손재주가 없어서 마나가 옷을 대신 만들어줬어?"

"네, 맞아요. 어떻게 알았어요?"

"왠지 그럴 것 같았어. 마나는 손재주가 좋은데, 얘기를 들어보니까 두 사람은 닮은 듯 안 닮은 것 같아서 반대로 그 친구는… 손재주가 없었나 보다 했지."

"손재주가 없었다기보다, 섬세한 작업을 좋아하지 않았거든요."

처음에는 친구가 혼자 디자인 아이디어를 냈다. 그런데 직접 수작업을 하게 된 뒤로는 마나도 서서히 옷에 관심이 생기기 시작했다.

굳이 돈을 써서 찾지 않아도 참고할 만한 자료는 넘쳐났다. 지나가는 사람들의 옷차림에서도 아이디어를 얻을 수 있었고, 계절에 따라 변하는 자연에서도 영감을 얻을 수 있었다.

그러던 와중에 옷 만들기에 재능이 있다는 말을 듣게 되었다.

"부모한테는 멍청하다, 쓸모없다, 못한다는 말만 듣다가 칭찬을 들으니까 마냥 기뻤어요. 그래서 저한테 재능이 있다고 착각한 것 같아요."

하지만 대단하다거나 잘한다는 말을 들을 때마다 마나는 자신의 존재 이유를 확인받은 기분이 들었다. 조금 과한 표현일지도 모르겠으나, 살아갈 이유를 찾은 것만 같았다.

요즘에도 비슷한 생각을 하지만, 그때 만약 옷 만들기가 아니라 요리나 그림, 노래에 소질이 있다는 말을 들었다면 마나는 패션업계가 아닌 다른 길을 선택했을 것이다. 그때 마나가 얻은 것은 자신감이었다. 그 자신감은 마나에게 희망이었다.

"이런 얘기는 들으나마나…"

마나는 숨을 삼켰다.

카즈키의 눈은 마나를 바라보고 있었지만, 그 눈동자에 비친 것은 마나가 아닌 듯했다.

날은 밝았고 행인도 많았다. 역 근처라 대로에 차도 많이 다녔지만, 카즈키 주변에는 정지화면처럼 소리도 움직임도 없는 세계가 펼쳐진 것 같았다.

"저기…"

카즈키는 그제야 정신을 차린 듯 눈을 끔뻑거렸다. 본인도 넋을 놓고 있는 줄 몰랐는지 심호흡을 크게 한 번 했다.

"혹시 뭔가 기억이 떠올랐어요?"

"아니, 아니. 전혀."

카즈키가 당황한 기색으로 고개를 저었다.

"새로운 기억이 떠오른 건 아니고…. 그냥 뭐랄까, 부연 안개 같은 게 걷히려다 만 느낌이랄까? 말로 설명하기는 힘드네. 그거 알아? 뇌에는 아직 밝혀지지 않은 비밀이 많대. 그래서 MRI로 뇌 사진을 찍어도 모든 걸 알 수는 없다고 하더라고. 입원했을 때 들었어."

카즈키는 무슨 말을 하고 싶은 것일까. 카즈키가 과거를 기억하지 못하는 이유는 뇌에 어떤 이상이 있기 때문이지만, 구체적으로 어떤 문제가 있는지는 알 수 없다는 의미일까.

"마나의 옛날얘기를 들어서 조금 혼란스러웠나 봐. …옛날 일을 기억한다는 게 부러워서 그랬나?"

차라리 잊어버리는 게 나은 일도 있다. 하지만 그것이 사실이어도 카즈키에게 그 말을 할 수는 없었다.

마나는 지금껏 잊고 싶은 괴로운 일을 많이 겪었다. 하지만 잊고 싶어도 잊히지는 않았다. 바라고 또 바라도 그 소원이 이루어지지는 않았다. 이룰 수 없는 소원이라면 애초에 생각하지 않는 것이 낫다고 어릴 때부터 배웠다.

지하철을 탈 때쯤 카즈키는 평상시 모습으로 돌아왔다. 일요일 낮이라 지하철은 출퇴근 시간대보다 한산했다. 빈자리를 하나 발견한 카즈키는 마나에게 앉으라고 권했다.

"감기 나은 지 얼마 안 됐으니까 무리하면 안 돼."

"이제 괜찮아요."

"그러지 말고, 얼른. 주변에 나이 드신 분도 없고 빈자리 잖아. 자, 앉아."

카즈키는 마나의 양어깨를 잡고 반강제로 의자에 앉혔지만, 그 손길은 다정했다.

마나는 손잡이를 잡고 서 있는 카즈키를 올려다보았다. 모르는 사람과 함께 있는 것 같았다. 기억을 잃은 카즈키는 몸만 그대로이고 실제로는 5년 전과 다른 사람일지도 모른다.

행복한 신혼생활이란 이런 것일까.

마나는 지금 이 시간을 음미하듯 눈을 감았다. 차체가 기분 좋게 흔들렸다. 햇볕이 따스하게 등을 쓰다듬었다.

따뜻한 물에 몸을 담근 듯 나른하고 평온해서 마나는 이 시간이 언제까지고 계속되면 좋겠다고 생각했다.

"편하게 자도 돼. 도착할 때쯤 깨워줄게."

"안 자요."

"거짓말. 아까부터 고개를 꾸벅거렸잖아."

"진짜예요. 자는 거 아니에요."

마나가 소심하게 반박했다. 두 사람의 대화가 들렸는지 주변에서 작게 키득거리는 소리가 들렸다.

하지만 정말로 마나는 잘 수 없었다. 이렇게 평온한 시간은 오래가지 않을 테니까. 마나는 그 사실을 잘 알고 있었다.

"으아…."

쇼핑몰에 도착하자 카즈키는 감탄사를 외치며 멈춰 섰다. 본인이 여기에 오자고 했으니 약한 소리를 하고 싶지는 않겠지만, 생각보다 사람이 많아 놀란 모양이었다.

"이 정도면 휴일치고 적은 편이에요."

"이게? 그나저나 휴일에 여기 자주 왔나 보다."

카즈키와 함께 살기 시작한 이래로는 처음 왔지만, 마나는 보통 휴일 낮에 '시장 조사'를 하러 이 쇼핑몰을 찾았다. 카즈키에게 그렇게 말하자, "의외네."라는 반응이 돌아왔다.

"그래요?"

"응. 평일 퇴근길에 들르면 사람이 적어서 둘러보기 편하잖아." 카즈키가 말했다.

"사람이 적어서 오히려 난감해요. 직원분이 말을 걸거든
요."

"아, 그건 그렇지."

카즈키는 공감한다는 듯 고개를 끄덕였다.

"물건을 살 생각이 없을 때 직원이 말을 걸면 마음 편하
게 구경하기가 힘들지. 직원이 옆에 와서 '이거 어떠세요?',
'그거 오늘 막 들어온 거예요.' 하면 구경할 마음이 없어지
잖아. 특히 멋 부리는 데 관심이 없는 나 같은 사람은 직원
이랑 대화가 잘 통하지도 않고."

"그렇게 생각하는 사람이 꽤 많죠. 근데 그럼 인터넷으
로 사면 되지 않아요?"

"인터넷에도 사이즈나 이런저런 정보가 나와 있지만, 그
렇게만 봐서는 가늠이 안 되거든. 실물을 보면 바로 알 수
있는데."

"의외네요…."

"그래? 왜 의외야?"

두 사람은 서로 의외라고 말하고 왜냐고 물었다.

분명 부부이면서 상대방에 대해 아는 것이 없었다. 사라
진 기억이 두 사람 사이에 옛날과는 다른 거리감을 만들
어냈다.

"옛날에는 멋 부리기를 좋아한다고 했거든요."

"좋아한다고 '했다'는 말은 사실 마나가 보기에 그렇지 않았다는 뜻이야?"

과거의 카즈키는 명품을 좋아했다. 자신과 어울리는지, 제품의 질이 어떤지와는 상관없이 브랜드 로고가 크거나 명품임을 바로 알 수 있는 상품이라면 구매했다.

"답하기 어려운 질문이네요. 그게 멋이라고 하면 멋이겠죠. 멋에는 정답이 없으니까요. 시대에 따라 멋의 정의는 달라지잖아요. 쉽게 말하자면 유행이라고 표현—."

"그만, 그만. 마나의 설명을 들으니까 기억해봤자 좋을 게 없다는 것만은 확실히 알겠어."

"기억이 없으면 패션 취향도 달라지나 보네요."

"그런가…."

이 화제에는 흥미가 없어서인지, 아니면 생각해봤자 답을 알 수 없어서인지, 카즈키는 건성으로 대답했다. 대신 주변에 있는 가게들이 궁금한 듯 바쁘게 눈동자를 굴렸다.

"마음에 드는 데가 있어요?"

"그런 건 아닌데…. 옛날 기억이 없는 지금의 나는 갓 태어난 병아리 같은 상태라 지금 눈에 보이는 게 전부 낯설거든. 나는 어디든 괜찮으니까 마나가 가고 싶은 곳으로 가. 나는 엄마 닭이 가는 대로 쫓아갈게."

"전 그냥 어슬렁거리면서 눈에 띄는 옷을 구경하는 편이에요."

"그럼 그렇게 하자."

둘이서 말 그대로 쇼핑몰 안을 걸어 다녔다. 마나가 옷을 구경할 때면 카즈키가 뒤를 졸졸 쫓아왔다. 정말 병아리 같았다.

지루하지 않을까 싶어 마나가 가끔 뒤를 돌아보면, 그때마다 카즈키는 싱긋 웃어 보였다.

수상한 낌새는 없었지만, 그가 무슨 생각을 하는지는 알 수 없었다. 네 번째로 들어간 가게에서 나왔을 때, 마나가 카즈키에게 물었다.

"이런 게 재미있어요?"

"응. 재미있어. 마나의 눈빛이 먹잇감을 찾는 야생동물 같아서."

"네?"

"아, 본인은 모르는구나. 표정이 엄청 무서워. 시장 조사라는 말이 확 와닿았다니까. 확실히 옷을 사려고 하는 사람의 표정은 아니야. 보통 새 옷을 고르는 여자들은 즐거워 보이는데, 마나는 즐겁다기보다 '이 디자인을 훔쳐 주겠어', '어떤 소재를 썼는지 밝혀내겠어'라는 표정이란 말이지. 평일 저녁에 혼자 와도 직원분이 말을 걸 일은 없을 거야."

"그런가요…?"

카즈키에게는 말하지 않았지만, 사실 예전에 한 번 동종 업계 사람임을 직원에게 들킨 적이 있었다. 몹시 쑥스러웠다. 평소에도 시장 조사를 나온 동종업계 사람을 종종 보는지 그 직원은 개의치 않는 듯 보였지만, 들킨 입장에서는 창피했다. 마나가 사람이 많은 시간대에 시장 조사를 하게 된 데에는 그런 이유도 있었다.

정오를 알리는 방송이 흘러나왔다. 한 시간 전 쇼핑몰에 도착했을 때보다 사람이 훨씬 많아졌다.

"점심 먹을래? 슬슬 배고프네."

"좋아요. 근데 어떤 식당에 가든 사람이 많을 거예요."

카즈키는 줄을 설 생각에 벌써 지겨운지 싫다는 표정을 지었다.

"그럼 햄버거 먹을래요?"

마나는 대기 시간이 짧을 만한 메뉴를 제안했고, 카즈키는 "라멘 먹자."라고 말했다.

과연 라멘 가게도 테이블 회전율이 높을 것이다.

쇼핑몰 안에는 라멘 가게가 세 곳 있었다. 저렴한 가격을 내세운 프랜차이즈점과 미소라멘이 유명한 가게, 돈코츠라멘이 유명한 가게가 있었다.

"저는 아무 데나 괜찮아요. 라멘은 다 좋아하거든요."

"그래? 그럼 돈코츠라멘이 유명한 곳으로 가자."

식당 앞에는 예상대로 긴 줄이 있었다. 대기하는 사람이 스무 명은 족히 넘는 것 같았다. 마나와 카즈키는 식당 입구에 있는 대기자 명단에 '스즈쿠라'라고 적고는 줄의 맨 끝에 섰다. 직원 말로는 30분 정도 기다려야 한다고 했다.

줄을 선 사람들은 대부분 스마트폰을 만지작거렸다. 카즈키도 그중 한 명이었다. 마나도 딱히 볼 것은 없었지만 뉴스 애플리케이션을 켰다. 정치인이 문제 발언을 해서 논란이 된 모양이었지만, 일상다반사라 놀랍지도 않았다. 연예인의 열애와 불륜 이야기도 마나와는 아무런 상관이 없었다.

딱히 재미있는 것도 없는데, 갑자기 시간을 때워야 할 때는 무심코 스마트폰을 꺼내게 된다.

"한 번 잡으면 놓기가 어렵지."

"네?" 하면서 마나가 고개를 들자, 카즈키가 오른손을 들어 보였다.

"스마트폰 말이야. 익숙해지면 항상 곁에 두는 게 당연하다는 느낌이 들고, 이제 이게 없으면 못 살 것 같다는 생각이 들잖아?"

"그렇…죠."

"시계나 알람 대신 쓸 수도 있고, 모르는 장소에 갈 때

내비게이션으로 쓸 수도 있어서 편리하지. 미로 같은 도쿄 지하철을 갈아탈 때도 출발역과 도착역만 입력하면 최단 경로나 최저가 경로를 금방 알 수 있고. 지구 반대편에 있는 사람과 연락할 수도 있고 영상이나 사진을 보낼 수도 있어. 우리가 갖고 다니는 건 전화기가 아니라 나 대신 생각하고 기억하고 가르쳐 주는 두뇌라고 할 수 있을 정도로 의지가 되는 물건이야."

마나는 카즈키의 말에 공감했다. 마나도 그 편리함의 혜택을 보는 한 사람이니까. 그런데 카즈키는 왜 갑자기 이런 말을 하는 것일까?

마나가 아무 말도 하지 않자, 카즈키는 스마트폰을 집어 넣고 마나 쪽을 바라보았다.

"이걸 잃어버리면 어떻게 사나 싶고, 이게 없이도 잘 지내던 때가 있었는데 이제는 상상도 못 하겠다…는 얘기를 얼마 전에 라르고 사장님한테 들었거든. 그분이 나보다 한 스무 살쯤 많아서 다이얼식 전화도 써봤다는데, 이제는 스마트폰 없이 살 수가 없대."

무언가가 부재할 때 어떠한지를 아는 사람이야말로 그 무언가를 놓지 못하는 법 아닐까. 불편했던 그때로 돌아가기 싫다는 마음이 드는 건 자연스러운 현상이었다.

마나가 그렇게 말하려고 입을 뗐을 때, 카즈키가 먼 곳을 바라보며 "어?"라고 중얼거렸다.

　카즈키의 시선을 쫓아 눈을 돌린 마나는 숨을 삼켰다.

　"어? 카즈키?"

　상대방도 카즈키를 발견했는지, 손을 흔들면서 "이런 데서 뭐해?"하며 다가왔다. 카즈키의 지인인 경찰관이었다. 그는 오늘 비번인지 지난번처럼 사복 차림이었다.

　"뭐 하냐니, 딱 보면 몰라? 라멘 먹으려고 줄 섰잖아."

　"그렇구나."

　남자는 식당 이름을 읽더니 "돈코츠 라멘 먹는구나."라고 말했다.

　"오래 기다렸어?"

　"한 15분쯤 기다렸나? 아직 시간이 더 걸릴 것 같아."

　카즈키와 남자는 긴 줄을 보며 지긋지긋하다는 듯 표정을 구겼다.

　"근데 옆에 있는 사람은…?"

　남자가 마나를 보았다. 눈이 마주쳤다. 마나가 가볍게 고개를 숙이자, 남자는 눈꼬리를 내리며 미소를 지었다.

　"아, 미안. 그러고 보니 소개를 안 했네. 내…."

　거기서 멈춰버린 카즈키의 말을 마나가 이으며 직접 자기소개를 했다.

　"아내 마나예요."

카즈키는 왜 바로 '아내'나 '와이프'라고 말하지 못한 것일까. 지금의 두 사람 사이에는 법적인 혼인 관계라는 사실 외에 아무런 연결고리가 없기 때문일까. 일반적으로 남녀 사이를 가장 단단하게 묶어주는 장치인 혼인신고가 돼 있지만, 아이러니하게도 마나와 카즈키 사이에는 그것 말고는 아무것도 없었다.

하지만…. 마나는 점점 카즈키와 연결되어가는 느낌이 들었다. 지금의 카즈키를 조금 더 알고 싶다는 생각도 했다. 그러기 위해서라도 마나는 이 남자 앞에서 카즈키의 '아내'가 되기로 했다.

"처음 뵙겠습니다."

"아…. 인사가 늦었군요. 처음 뵙겠습니다. 저는 하세 슈토라고 합니다."

"슈토 씨…."

"어, 지금 '슛'이라는 단어를 떠올리셨죠? 그렇다면 정답입니다. 저희 아버지가 축구를 좋아해서 저한테 슈토라는 이름을 지어주셨거든요. 마라도나나 메시가 아니라 그나마 다행이죠."

슈토는 호감 가는 미소를 지으며 술술 말했다.

"슈토, 그 얘기는 너무 들어서 이제 지겹다."

"난 네가 아니라 마나 씨한테 말한 거거든?"

"마나는 관심도 없을걸?"

"그건 모르는 거지!"

카즈키는 슈토와 사이가 무척 좋아 보였다. 적어도 마나와 대화할 때보다는 어깨에 힘이 덜 들어간 느낌이었다.

"저기, 슈토 씨는… 카즈키 씨랑 언제부터 알고 지내셨나요?"

마나는 이야기에 부자연스러운 점이 있지 않을까 하고 주의 깊게 슈토의 반응을 살폈다.

"한 4개월 전이었나? 제가 센다이에 여행을 갔다가 카즈키한테 도움을 좀 받았어요."

"여행이요?"

마나가 카즈키 쪽을 보자, 카즈키가 약간 꺼림칙한 표정으로 고개를 끄덕였다.

"슈토는 여자친구랑 센다이에 여행을 와놓고는 혼자서 아침 일찍 지하철을 타고 여기저기를 어슬렁거렸어."

"어슬렁거렸다는 말은 어감이 별론데? 원래 여행 중에는 계획에 없던 행동을 해보고 싶은 법이잖아. 그때는 여자친구도 자는 중이었단 말이야."

"그래. 스마트폰으로 교통비를 결제하고 지하철에서 내린 것까지는 그럴 수 있다 쳐. 근데 스마트폰 배터리가 없어서 발이 묶이는 사람은 보통 없지 않냐? 모르는 곳에 갈 때는 지갑을 좀 갖고 다녀."

"아무튼 결과적으로 무사히 돌아왔잖아."

"우연히 차를 타고 지나가던 내가 데려다준 덕분이지."
카즈키가 말했다.

"네, 그때는 감사했습니다."

슈토가 깊이 고개를 숙였다. 카즈키는 한숨을 쉬며 고개를 저었다.

두 사람의 대화에 이상한 점은 없었다. 게다가 4개월 전에 알게 된 사이라면 슈토는 과거의 카즈키를 모를 테니 친해지지 못할 이유도 없었다.

마나는 그 짧은 교류만으로 어떻게 이렇게 친해졌는지 의아했지만, 슈토는 그 일이 있고 나서 이틀 동안 센다이에 머물며 카즈키와 함께 밥도 먹고 어울렸다고 했다. 물어본 사람도 없는데 슈토는 "보답으로 내가 밥을 샀지."라고 덧붙였다.

"그 뒤로도 계속 연락을 주고받다가 이 녀석이 도쿄에 온다는 얘기를 듣고 더 자주 연락하게 됐어요."

"오늘은 혼자세요?"

지금 슈토 옆에는 여자가 없었다. 질문의 의도를 알아차린 슈토는 "얼마 전에 헤어졌어요."라고 대답하며 웃었다.

"차였거든요."

슈토가 너무 밝게 말해서 마나는 "그렇군요."라고 말할 수밖에 없었다. 헤어진 이유까지 묻지는 못했다. 슈토의 직업도 신경 쓰였지만, 뜬금없이 물어보기는 무례할 것 같았다.

마나와 카즈키는 조금씩 식당 입구와 가까워졌다. 단체 손님이 있었는지 갑자기 자리가 많이 빈 덕에 손님들이 줄줄이 안으로 들어갔다.

"두 명 대기하시는 스즈쿠라 님, 스즈쿠라 님. 자리로 안내해드릴게요."

식당 직원이 부르는 소리에 마나와 카즈키는 슈토와 작별인사를 했다.

카운터 석에 앉아 음식을 주문했다. 실내에는 사람이 많았고 땀이 날 정도로 난방이 셌다.

"슈토 씨는 재미있는 분 같아요."

"맞아. 좀 시끄럽긴 하지만."

카즈키는 물을 마시고는 다른 음식을 시킬 걸 그랬다며 다시 메뉴판을 훑어보았다.

마나는 안심했다. 카즈키와 슈토가 함께 있는 모습을 처음 봤을 때, 슈토가 경찰 제복을 입고 있었기에 마나는 카즈키가 경찰에 무언가를 문의하는 줄 알았다. 그러나 사실은 그저 친구를 만났을 뿐이었다.

카즈키의 기억은 돌아오지 않은 듯하다. 하지만,

—스즈쿠라 마나의 과거를 알고 있다.

그 편지의 수수께끼는 남아 있었다. 기억이 돌아오지 않았다면, 카즈키가 그 편지를 보냈을 리는 없다.

그렇다면 대체 누가?

센다이에 있는 지인의 짓일까?

카즈키도 마나의 주소를 알아낼 수 있었으니 누구든 찾으려고만 하면 찾을 수 있지 않았을까.

한 명, 두 명, 마나는 기억을 더듬었다.

하지만 이렇다 할 답이 나오기 전에 식당 직원이 "음식 나왔습니다." 하면서 김이 피어오르는 라멘을 가져다주었다.

낮에 인파 속을 비집고 돌아다니느라 지친 두 사람은 그날 일찍 잠자리에 들었다. 그러나 마나는 통 잠들지 못했다. 자려고 노력해봤지만, 잠기운은 이미 어딘가로 날아가 버린 뒤였다.

마나는 눈을 떴다. 방 안은 어두웠다. 하지만 한 줄기 빛도 없는 숲속과는 달랐다. 한동안 천장을 바라보자 눈이 어둠에 익어 어렴풋이 방 안의 모습이 보였다.

마나는 침대에서 몸을 일으켰다. 카즈키는 바닥에 깐 이불에서 자고 있었다. 그는 깊이 잠들었는지 미동조차 하지 않았다.

마나는 소리를 내지 않고 조용히 일어났다. 충전기에 꽂아둔 스마트폰을 한 손에 들고 카즈키의 오른손으로 다가갔다. 아무것도 들지 않은 손으로 카즈키의 오른손 검지를 잡고 스마트폰 잠금을 해제했다.

마나는 카즈키에게 등을 돌리고 스마트폰 화면을 터치했다.

홈 화면에서 문자메시지 애플리케이션을 켰다. 수신 폴더, 발신 폴더, SMS폴더. 생각나는 대로 전부 열어봤지만, 광고 문자메시지 말고는 아무것도 없었다. 주소록에 등록된 이름은 마나와 슈토, 직장으로 보이는 회사명, 그리고 라르고뿐이었다.

메신저 애플리케이션도 확인했지만 마나, 슈토와 나눈 대화 기록밖에 없었다. 직장 동료의 연락처조차 없었다. 이제 확인해 볼 만한 것은 SNS밖에 없었지만, 애플리케이션조차 설치돼 있지 않았다. 돌이켜보면 카즈키가 SNS 이야기를 꺼낸 적도 없었다.

포털 사이트의 검색 이력을 보아도 오늘 방문한 쇼핑몰

과 라멘집, 연예인을 검색한 흔적만 있고 딱히 눈에 띄는 점은 없었다.

마나는 고개를 돌려 뒤에서 자는 카즈키를 보았다.

온화한 얼굴이었다. 폭력적인 모습은 상상하기도 힘들었다.

마나는 계속 이대로 지낼 수 있기를 바랐지만, 언제 기억이 돌아올지 모를 카즈키와 함께 지낼 수 있는 시간은 머지않아 한계에 다다를 터였다.

모든 것을 손에 쥘 수는 없다. 많은 것을 바라면 안 된다.

마나가 정말 원하는 것은 이미 손에 넣었다. 이 이상 바라면 지금 가진 것조차 잃어버리게 된다.

지금이라면…. 지금 여기서 끝을 낸다면 행복한 추억만 가슴에 새긴 채 살 수 있을지도 모른다.

물론 카즈키의 기억이 돌아온 뒤에 상황이 어떻게 흘러갈지는 알 수 없지만, 지금의 관계를 이어나가기보다는 여기서 끝을 내는 것이 더 희망적이리라.

마나는 스마트폰 사진첩을 열었다. 카즈키가 사진 찍는 모습을 본 적은 없지만, 마나가 못 본 사이에 무언가를 촬영했을지도 모른다.

큰 기대 없이 화면을 터치했다.

사진첩을 확인한 마나는 숨을 삼켰다.

"마나가 먼저 나를 만질 줄은 몰랐어."

갑자기 등 뒤에서 목소리가 들렸다. 마나는 깜짝 놀라 몸을 움찔했다.

"깨어 있었…!"

"손가락을 잡으니까 당연히 깨지. 그거 봐봤자 별거 없어. 얼마 전에 스마트폰을 물에 빠뜨리는 바람에 새로 샀거든."

"하지만 기종이 똑같은데…"

"똑같은 걸 샀으니까. 급하게 달려간 대리점에 똑같은 기종, 똑같은 색인 게 있길래 같은 거로 샀어. 조작법을 새로 익히려면 귀찮잖아. 그런데 예전 데이터가 거의 다 날아가서 방금 봤다시피 저장된 정보가 아무것도 없어."

그러고 보니 마나와 나눈 대화 기록도 최근 것밖에 없었다.

"나한테 보여달라고 했으면 순순히 보여줬을 텐데… 역시 내가 바람피울까 봐 걱정돼?"

마나는 고개를 가로저었다.

바람을 의심하고 질투할 만한 관계였다면 얼마나 좋았을까.

마나는 말없이 스마트폰을 돌려주었다. 그러자 카즈키는

천장을 뚫을 듯 펄쩍 뛰며 이불에서 나왔다.

"으…아! 이, 이거 봤어? 봤구나…."

카즈키가 낙담한 표정을 지었다. 어쩔 줄 몰라 하며 연거푸 "으아."나 "미치겠다."라고 외쳤다.

"이건 그러니까…, 아직 기억이 왔다 갔다 할 때가 있어서 얼굴을 기억하려고 마나 사진을 찍은 건데… 이 말을 믿어줄지는 모르겠지만…."

마나는 카즈키의 얼굴을 볼 수 없었다. 아니, 카즈키에게 자신의 얼굴을 보여줄 수 없었다.

"…미안해. 내가 먼저 만지지는 않을 생각이었는데…."

카즈키가 마나의 오른손 검지를 잡았다.

―싫으면 말해.

카즈키가 그렇게 귓가에 속삭이자, 마나는 아무 말도 할 수 없었다.

마주 잡은 손끝이 뜨거웠다.

언젠가 반드시 식을 것임을 알면서도 마나는 그 따뜻한 물에서 나올 수 없었다.

내가 마세 타다히토를 처음 만난 건 열여섯 살 때였다. 가까운 아파트에 사는 그와 처음으로 대화를 나눈 장소는 쓰레기 수거장이라는 무척이나 사람 냄새 나는 곳이었다.

"안녕하세요."라고 먼저 말을 건 사람은 타다히토였다.

잠에서 깬 지 얼마 되지 않은 듯 헝클어진 머리와 너덜너덜한 샌들. 회색 니트를 입었던 것 같은데, 솔직히 첫인상은 또렷이 기억나지 않는다. 계절상 새로운 입주민, 아마도 대학생이 이사를 왔나 보다 생각했을 뿐이었다.

다음번에 만난 타다히토는 180도 달라 보였다. 깔끔하게 매만진 머리에 새 정장. 넥타이를 매고 빛나는 가죽 구두를 신었다. 첫 만남 때와는 너무 딴판이라 나는 당황스러웠지만, 그때도 타다히토는 어김없이 "안녕하세요."라고 인사했다.

나중에야 안 사실인데, 그의 차림새가 첫 만남 때와 다르던 이유는 그날 대학교 입학식이 있었기 때문이었다.

쓰레기를 수거하는 날이 되면 우리는 어김없이 쓰레기 수거장에서 마주쳤다. 대학교에는 1교시 수업이 없는 날도 있다던데, 타다히토는 아침 여덟 시가 되면 항상 쓰레기를 버리러 나왔다. 그가 정장을 입은 건 입학식 날뿐이었고, 그날 이후에는 역시나 회색 니트에 샌들 차림이었다. 가끔 오른발에는 스니커즈, 왼발에는 샌들을 신고 나올 때도 있었다. 반쯤 감긴 눈으로 보아 잠이 덜 깨서 신발을 잘못 신은 듯했다.

늦잠을 자서 못 나오는 날도 있었지만, 그 다음 수거날에는 꼭 쓰레기 수거장에 나왔다. 쓰레기 수거가 없는 날에는 타다히토를 만날 수 없었다. 일요일과 휴일은 내게 몹시도 지루한 날이었다.

우리는 자주 마주치다 보니 자연스럽게 잡담을 나누게 되었다.

황금연휴가 끝날 때쯤, 타다히토는 본가에 다녀오면서 나를 위한 기념품을 사다 주었다. 나는 그날 처음으로 타다히토의 집에 갔다.

그의 집에 들어가자마자 국어사전과 영어사전뿐만 아니라 프랑스어사전까지 있는 것을 보고 깜짝 놀랐다. 타다히토는 대학교 교양수업에 필요해서 산 것뿐이고 프랑스어를 할 줄 아는 건 아니라고 말했지만, 나는 그마저도 부러웠다. 대학교라는 장소가, 대학생인 타다히토가, 그저 한없이 눈부셔 보였다.

내가 그렇게 말하자, 타다히토는 의아한 표정으로 "너도 2년 후에는 대학생이 될 텐데, 뭐."라고 말했다.

나는 타다히토에게 나이 외에는 아무것도 알려주지 않

왔다.

말하고 싶지 않았다. 하지만 거짓말을 하고 싶지도 않았다.

"난 고등학교에 다니지 않거든."

"몸이 아파서?"

"아니."

"그럼… 왕따 당했어?"

"그게 아니라, 그냥 애초부터 안 갔어."

"고등학교 입시를 안 봤다는 말이야?"

"응."

타다히토는 무척이나 놀랐다. 주변에 그런 사람이 한 명도 없다고 했다. 그래도 타다히토는 나에게 무언가 사정이 있으리라 짐작하고 이해해주는 것 같았다.

"그럼 평소에는 일해?"

나는 말문이 막혔다. 여기서 그렇다고 대답하면 어디서 일하냐고 물어볼 것이 뻔했다. 그래서 나는 "친척 일을 돕고 있어."라고 말했다.

"새아버지 쪽 친척?"

"…응."

나는 타다히토에게 부모님이 재혼해서 이와테로 이사를 왔다고 이야기한 적이 있었다. 의붓아버지, 의붓오빠와는 사이가 좋지 않다는 말도 했으니 새아버지 이야기를 꺼내면 타다히토가 그 이상 자세히 캐묻지 않으리라 생각했고, 실제로 그는 내게 더 질문하지 않았다.

그 당시 우리 엄마는 이미 몇 번쯤 결혼을 한 상태였다. 몇 번쯤이라고 표현한 이유는 엄마의 남자관계가 너무 복잡해 혼인신고를 한 횟수와 동거한 횟수가 일치하지 않아서 나도 정확한 결혼 횟수를 모르기 때문이다. 어쩌면 당사자인 엄마도 모를 수 있다. 어쨌든 그 당시에는 엄마가 혼인신고를 했고, 나는 엄마와 함께 결혼 상대의 집에 얹혀살게 되었다. 새로 생긴 오빠는 나보다 네 살이 많았고 고등학교를 중퇴한 뒤 종종 아르바이트를 했다는데, 항상 금방 그만두거나 잘렸다고 했다. 내가 그 집에 들어간 이후로는 오빠가 일하는 모습을 한 번도 보지 못했다. 타다히토에게는 그런 이야기를 하지 않았다.

"그렇구나, 대단하다. 난 이대로면 짧게 잡아도 스물두 살까지는 부모님의 등골을 빼먹을 텐데. 길게 잡으면 그보다 2년쯤 더 걸릴 테고. 나는 열다섯 살 때 일해야겠다는 생각은 해본 적도 없었어. 지금 상황이 당연하다고 생각했어. 아니, 오히려 부모님이 지금보다 더 좋은 집을 구해주지 않는 게 불만스러웠어."

타다히토는 또다시 "대단하다."라고 말했다. 나는 대충 웃어넘겼다.

과연 내가 무슨 일을 하는지 알고 나서도 타다히토는 내게 대단하다고 말해줄까?

'직업에는 귀천이 없다'고 가르쳐준 사람이 있었다. 내가 여덟 살 때였다. 그 말의 의미를 이해하지 못한 나는 설명해달라고 했지만, 그 사람은 곧 알게 될 거라며 웃어넘겼다. 그때까지 기다릴 수 없었던 나는 사전을 찾아보았다. 하지만 역시나 그 말의 의미를 알 수는 없었다.

시간이 흐른 뒤에 단어의 뜻은 이해할 수 있게 되었다. 하지만 그 말이 내포하는 진짜 의미를 깨닫지는 못했다.

우리 엄마는 의사나 변호사를 보면 '의사 선생님'이나 '변호사님'이라고 '님' 자를 붙여 불렀다. '사장님'도 마찬가지였다. 하지만 본인의 위치는 하찮다고 생각했다. 이 일을 하지 않으면 살 방법이 없어서 하는 것이라 말했다.

엄마는 직업을 '선택할 수 있는지', '선택할 수 없는지'에 따라 사람의 신분이 달라진다고 했다. 스포츠나 예술 같은 특수한 능력이 필요한 직업, 대학교를 나와야 가질 수 있는 직업, 자격증이 필요한 직업…. 그런 직업으로 향하는 길에는 높은 계단이 있어 아무런 재능도 기회도 없이 태어난 사람은 가장 밑바닥에 머물러야 한다고 했다. 엄마는 "남자를 상대로 몸 쓰는 것 말고는 할 수 있는 게 없어."라고 자조했다.

나는 엄마보다 더 나쁜 환경에서 태어났다. 내 앞에는 애초에 계단이 없었으니 위로 올라갈 수도 없었다.

위로 누나가 두 명 있는 타다히토는 가족들이 애타게 기다리던 남자아이였다고 했다. "집이 시골이라 아직도 남아선호사상이 남아 있거든." 하며 집을 떠나기 전까지 18년 동안 가족들의 기대가 얼마나 크고 무거웠는지 설명하려는 듯 아련한 표정을 지었다.

나는 힘들었겠다고 생각했다. 하지만 동시에 부럽다는 생각도 했다. 우리 엄마는 내게 무언가를 기대한 적도 없었고, 내게 바라는 것이 있다면 그저 조용히, 눈에 띄지 않게 얌전히 있는 것뿐이었다. 타다히토는 그런 나와는 사는 세계가 달랐다. 타다히토와 있으면 나도 그런 사람이 될 수 있지 않을까 생각했다.

"이 사전 빌려줄 수 있어?"

나는 읽을 수도 없는 프랑스어 사전이 그 길을 향한 입구처럼 느껴졌다.

"빌려줄 수는 있지만, 이번 학기에 프랑스어 강의가 있어서 예습 복습할 때 써야 돼."

"아, 그래? 그렇구나. 미안해. 어차피 봐봤자 알지도 못하는데 빌려달라고 해서."

"아니야. 무언가에 관심을 갖는 건 좋은 일이야. 프랑스어는 나도 전문적으로 배우는 게 아니라서 솔직히 잘 몰라. 대학교를 졸업하려면 필수로 들어야 하는 수업이라 듣는 것뿐이야. 아무튼…, 넌 정말 열심이구나."

"응? 내가?"

"응. 공부하지 않아도 되는데 하려고 하는 자세가 존경스러워."

"그게 뭐라고…."

나는 부끄러웠다. 그런 것으로 칭찬받을 줄은 몰랐다. 당연히 기분이 나쁘지는 않았다. 다만 그 사전을 빌려달라고 한 이유는 정말 프랑스어에 관심이 가서이기도 했지만, 다른 흑심이 있어서이기도 했다. 나는 인간적인 친밀함을 넘어 이성으로서도 타다히토와 가까워지고 싶었다.

그런 마음은 나 혼자만 느낀 것이 아니었나 보다.

그동안 정해진 길 위를 달리기만 했다는 타다히토는 자기보다 어린데도 일을 하며 공부에 흥미를 갖는 나에게 매력을 느낀 듯했다. "이번 학기에는…."이라고 운을 뗀 타다히토는 새빨개진 얼굴로 말했다.

"강의가 없는 날 우리 집에 오면 언제든지 보여줄게."

"아니, 꼭 보러 와."라고 덧붙이는 타다히토의 말에, 우리의 거리는 한층 더 가까워졌다.

―평범한 데이트를 하고 싶어.

　내가 그렇게 말하자, 타다히토는 열심히 계획을 짜주었다. 수족관, 영화관, 불꽃놀이, 예쁜 카페.

　집에는 나를 위한 컵도 사두었다. 내 전용 컵이니 친구들이 만지지 못하게 하겠다고 말했다.

　꿈처럼 행복했다. 나와 비슷한 또래의 사람들과 똑같은 일을 할 수 있어서 기뻤다. 대학교에 들어가기 전까지 동아리 활동과 공부 말고는 한 것이 없다는 타다히토는 계속해서 데이트 계획을 세워주었다.

　타다히토는 분명 내가 연애 경험이 없다고 생각했을 것이다.

　하지만 남자와 육체관계를 가진 것도 연애로 친다면, 나는 벌써 많은 사람과 연애한 경험이 있었다. 거짓인지 진실인지 알 수 없는 상대의 프로필, 외로움을 달래기 위한 한 순간의 관계. 물론 타다히토에게는 그런 사실을 알리고 싶지 않았다.

　어른이 되면 외로워도 외롭다고 말할 수 없을 때가 있다고 알려준 사람도 내게 공부를 가르쳐준 사람이었다. 나는 어릴 때부터 외로워도 그 감정을 입 밖으로 꺼낼 수 없었다. 어두운 방 안에서 눈을 떴을 때도 감기에 걸려 앓아누웠을 때도 나는 혼자였고, 기댈 수 있는 사람이 아무도 없었다. 나에게 공부를 가르쳐준 사람은 나를 자주 돌봐주었지만, 갑자기 한동안 종적을 감출 때도 있었다. 그럴 때마다 잠깐 멀리 떠났다는 이야기를 소문으로 들었지만, 그 '멀리'가 물리적으로 먼 거리가 아니라는 것쯤은 나도 알고 있었다. 하지만 그 사실을 들춰내면 안 된다는 것도 알았다. 그래서 외로움과 삶은 내게 똑같은 의미였다.

그런 내 인생에서 타다히토는 보고 싶다고 하면 보러 와주고, 안아 달라고 하면 안아주는 유일한 사람이었다.

하지만 나는 타다히토와 함께 있어도 외로웠다. 좋아한다는 말을 들어도, '평범한 사람'인 척 연기를 해도…. 아니, 평범해지려고 발버둥 칠수록, 내가 남들과 다르다는 사실을 뼈저리게 느낄 수밖에 없었다.

타다히토에게 몇 가지 거짓말을 한 벌일까. 어느 날, 나는 우리의 결정적인 차이점을 깨닫고 말았다.

비도 오고 정해둔 계획도 없어서 그날은 타다히토의 집에서 영화를 보기로 했다. DVD대여점에서 함께 볼 영화를 골랐다. 외국 영화 신작 코너에 가자, 타다히토는 눈을 반짝였다.

"어? 이게 벌써 DVD로 나왔네? 영화관에서 보고 싶었는데 못 봤거든. 진짜 보고 싶었는데. 우와, 신작 코너라 비싸긴 하지만 이건 꼭 봐야 돼."

타다히토는 웬일로 신이 났다. 연상 남자친구였지만, 나는 그의 들뜬 모습이 귀여워 보였다.

"그렇게 보고 싶었는데 왜 영화관에서 안 봤어?"

"…입시 때문에 여유가 없었잖아."

타다히토는 당연한 걸 묻는다는 듯한 표정이었다. 조금 전까지 신이 났던 만큼 기분이 가라앉았을 때 풍기는 어두운 느낌이 더 강하게 다가왔다.

타다히토는 들고 있던 DVD를 다시 선반에 올려놓았다.

나와 타다히토가 사귄 지 반년쯤 된 시기였다. 우리 둘 사이에는 익숙함이라는 공기가 흘렀다.

아무 말 없이 선반 사이를 걸었다. 애니메이션 코너에 들어서자, 타다히토는 어렸을 때 가족과 함께 봤다는 영화 DVD를 집어 들었다.

"이건 본 적 있지?"

"아니…. 없어."

"없다고? 어릴 때 학교에서 애들이 맨날 얘기하지 않았어? 보통은 그랬을 텐데."

당연한 흐름일지도 모르지만, 내게는 그런 질문이 가장 난감했다. 내가 고등학교에 가지 않은 것을 아는 타다히토는 나를 배려해서인지 되도록 고등학교 때 이야기를 꺼내지 않았다. 하지만 나는 타다히토와 똑같은 '평범함'을 갖고 있지 않았다.

"그랬나…?"

"TV에서 틈만 나면 재방송해줬잖아."

유명한 영화라 나도 물론 제목은 알고 있었다.

하지만 그 영화가 개봉했을 당시 내 인생에서는 계속 나쁜 일이 겹쳤고, 나는 제목만 들어도 그때의 일이 떠올라 그 영화를 볼 마음이 조금도 들지 않았다.

아니, 사실 내 인생에는 떠올리기 싫은 일뿐이었다. 타다히토를 만나기 전까지 내 삶에 즐거운 기억 따위는 없었다.

"다른 거 보자."

"근데 이거 진짜 재미있어. 성인이 봐도 재미있는 작품이야. 나는 영화관에서도 보고 TV에서도 봤지만, 매번 재미있었다니까? 이거 꼭 봐."

전에 없이 타다히토의 태도가 강경했다. 그만큼 그 작품이 훌륭하다는 뜻일 수도 있다. 하지만 그 이상으로 타다히토는 '누구나 아는 것'을 모르는 여자친구가 싫었던 것일지도 모른다.

나와 함께 있는 시간이 늘어날수록 타다히토는 '보통은'이라는 말을 자주 사용하게 되었다.

평범함이 무서웠다. 나는 평범함을 갈망했지만 평범해질 수 없었다.

"먹어보지도 않고 편식하면 안 되잖아. 이게 음식은 아니지만."

"그만 좀 해! 이딴 영화 본 적 없다고 이상한 건 아니잖아!"

그날 나는 타다히토의 아파트가 아니라 우리 집으로 돌아갔다.

그걸로 끝이겠거니 생각했다.

하지만 다음 날 아침에도 타다히토는 쓰레기 수거장에 나와서 "안녕."이라고 말해주었다.

결승 테이프가 보였다. 그리고 결승 테이프 너머는 절벽이었다. 그래서 나는 결승점에 도착하는 시간을 조금이라도 늦추려고 천천히 걸었다. 무리라는 걸 알면서도 악착같이 '평범함'을 연기했다.

하지만 그런 노력이 무색하게도 끝은 갑자기 찾아왔다.

타다히토는 내가 실수로 놓고 간 지갑을 돌려주려고 우리 집에 왔고, 그때 나는 알몸으로 의붓오빠의 침대에 있었다.

얼굴이 새파랗게 질린 타다히토는 손을 떨면서 반라 상

태인 내 팔을 잡고 자기 집으로 데려갔다.

타다히토는 현관문을 닫자마자 신발도 벗지 않은 채 울기 시작했다.

"어떻게 된 거야?"

"어떻게 된 거냐니⋯."

"네가 동의했냐고 묻는 거야. 서로 원했냐고."

"그럴 리가 없잖아. 당연히 싫지!"

"그럼 왜 거부하지 않아? 왜 싫다고 저항하지 않냐고!"

"저항해봤자 결국 당하는 건 똑같아. 계속 그래왔어! 약한 사람은 얻어맞고, 욕구 처리용 쓰레기통 취급을 당할 뿐이야!"

나는 의붓오빠뿐만 아니라 엄마와 함께 살던 남자들을 상대해야 할 때도 있었다.

지금보다 어릴 때는 나도 저항했다. 싫다고 소리치며 울부짖었다.

하지만 아무도 도와주지 않았다. 멈추지 않았다. 그래서 나는 저항해봤자 소용없다는 것을 깨달았다. 그리고 내게는 이것이 '평범'한 세상이라고 생각하게 되었다.

타다히토는 내 양손을 붙잡았다.

"믿을 만한 어른들한테 얘기하자. 그 사람들이랑 같이 있으면 안 돼! 넌 아직 열여섯 살이니까 보호받을 수 있을 거야."

"보호?"

"그래. 아동보호시설에서 살게 되겠지만, 공적인 기관에 알리면 적어도 지금보다 안전한 곳에서 살 수 있을 거야. 그리고 지금부터라도 고등학교에 가고 취직하면 부모님한 테 기대지 않고 살 수 있을 거야. 나도 도울게. 같이 고민할 게. 내가 힘이 돼줄게!"

타다히토는 내 손을 더 세게 붙잡았다. 눈물을 흘리면서 도 내게서 시선을 떼지 않았다.

"고마워."

도와주겠다는 마음은 진심일 것이다. 그것만은 믿었다. 하지만….

"그럼 오늘은 우리 집에서 자고 내일 아침 관공서에 가 자. 지금 시간에는 벌써 문을 닫았을 거야."

타다히토의 올곧은 마음이 눈부셨다. 그와 계속 함께 있 으면 나도 언젠가 '평범'해질 수 있으리라 생각한 적이 있 었다. 하지만 그건 착각이었다. 이 손을 잡아도 나는 '평범' 해질 수 없다. 그리고 무엇보다 타다히토에게 그런 모습을 계속 보여줘야 한다는 사실을 나는 견딜 수 없었다.

"미안해. 나 갈게."

"뭐?"

깜짝 놀랐는지 타다히토의 눈에서 눈물이 멈추었다.

"고마워. 정말, 정말 고마워."

나는 타다히토의 아파트에서 나왔다. 집을 향해 걸으며 울었다. 겨우 3분 거리에 있는 집에 도착할 때까지 눈물은 당연히 마르지 않았다. 울면서 집으로 들어갔다. 의붓오빠는 거실에서 태평하게 TV를 보고 있었다. 갑자기 방에 들이닥친 사람이 누구였는지는 궁금하지도 않은 듯했다. 의붓오빠에게는 그것이 '평범'한 일이었다.

다음 날, 평소와 똑같은 시간에 쓰레기 수거장에 나갔지만, 타다히토는 보이지 않았다. 다만 거기에 내가 타다히토의 집에서 쓰던 컵이 버려져 있었다. 타다히토가 이사한 사실을 안 것은 그로부터 사흘 뒤였다.

이제 다시는 만날 수 없음을 실감했다.

그리고 또 사흘 뒤, 나는 가출을 했다. 어디로 가야 할지 알 수 없었다. 하지만 나의 '평범함'을 찾기 위해, 나는 새로운 세상으로 나가기로 했다.

제 3 장

◆

3월이 되었지만 아침 공기는 여전히 겨울 같아서 이불 속에서 빠져나오기 힘들었다. 일어나야 한다는 현실과 조금 더 자고 싶다는 마음이 충돌하는 가운데 마나는 겨우 겨우 눈을 떴다.

옷을 갈아입던 카즈키는 마나와 눈이 마주치자, 웃으며 "좋은 아침."이라고 말했다.

"조금 더 자. 토요일이니까. 마나는 출근 안 해도 되잖아."

카즈키의 직장은 달력대로 쉴 수 없는 곳이었다. 오늘은 출근하는 날이었다. 카즈키는 새벽 출근이 아니라 그나마 다행이라고 말하면서 난방기를 켰다.

"그래도… 일어날게요."

"혼자만 누워 있기 미안해서 그래? 그거 왠지 아내 같다. …요즘 시대에 이런 말을 하면 욕먹을지도 모르지만."

"저는 그렇게 생각하지 않지만…. 이대로 있으면 점심때까지 계속 누워 있을 것 같아서요."

카즈키가 오기 전에는 늘 그렇게 휴일을 보냈다. 나름 자유롭다는 느낌이 들어 그렇게 시간을 보내는 것도 나쁘지 않았지만, 늦잠을 자고 오후에 일어나면 후회가 되기도 했다. 특히 일요일에는 휴일에 아무것도 하지 않았다는 죄책감까지 들어 평소보다 더 우울한 월요일을 맞아야 했다.

"그 마음 알아. 나도 예전에는 일을 쉬는 날이면 빈둥대면서 보냈거든."

"역시 그렇게 되죠."

마나는 순간 의문이 들었다. 무심코 흘려들을 뻔했다.

"무슨 일을 했는데요?"

"응?"

"방금 일을 쉬는 날이면 빈둥대면서 보냈다고…."

"아…."

카즈키는 입가에 손을 대고 고개를 숙였다. 한동안 눈도 깜빡이지 않고 한곳을 바라보다가 결국 "모르겠어." 하며 고개를 가로저었다.

카즈키는 혼란스러운지 표정이 어두웠다.

"별생각 없이 자연스럽게 입에서 나간 말이라 의식하지 못했어. 마나가 물어봐서야 알았어."

"그래도 옛날 일이 기억날 뻔한 거죠?"

"아마도. 그런데 내가 무슨 일을 했는지 생각해보면…, 기억이 안 나. 억지로 기억해내려고 해서 오히려 생각이 안 나는 건가?"

"의식적으로 노력해서 기억날 것 같았으면 진작에 기억이 돌아왔을 테니까요."

"음…. 의식적으로 기억해내려고 하지 않도록 의식해야 겠네."

"그건 좋지 않은 의식이에요."

마나가 한소리 하자, 카즈키는 순간 얼빠진 표정을 짓더니 "그렇네." 하며 웃었다.

"무리하게… 기억해내지 않아도 돼요."

나중에 덧붙인 그 말이 마나의 진심이었다.

마나는 카즈키를 배웅하고서 청소기를 돌렸다. 아무리 치워도 집은 여전히 어수선했다. 물건을 정리하며 청소기를 돌렸지만, 집이 깔끔해질 기미는 없었다.

마나는 청소기 전원을 끄고 집 안을 둘러보았다. 날이 갈수록 카즈키의 짐이 늘어나는 바람에 계절의 변화에 맞춰 새로 산 옷을 둘 곳이 없었다. 새로운 물건이 생길 때마다 마나의 물건을 정리했지만, 그래도 역시 두 사람이 살기에는 집이 좁았다.

어젯밤 카즈키는 "슬슬 이사하는 게 좋겠어."라고 말했다.

카즈키와 함께 살게 된 지 3개월. 조금 전에는 순간 카즈키의 기억이 돌아올 뻔했지만, 아직 일상에는 변화가 없었다. 카즈키 본인은 마나와 지내는 시간과 기억이 없는 상태 사이에서 타협점을 찾았는지 이제 '이대로 지내도 괜찮겠다'고 생각하는 듯했다. 그렇지 않았다면 이사를 제안하지도 않았을 것이다.

마나는 계속 이대로 카즈키와 함께 살기는 불안했지만, 동거를 거절할 이유는 없었다.

마나는 스마트폰을 집어 들고 부동산 중개 사이트에 들어갔다. 지역, 가까운 역, 월세, 방 개수, 원하는 항목에 체크를 하자, 처음에는 몇천 건이던 건물의 개수가 점점 줄어들었다.

모처럼 하는 이사니까 방은 최소 두 개였으면 좋겠다. 쓸 만한 가구는 가져가더라도 커튼 정도는 새로 사고 싶다. 카즈키가 쓸 침대도 필요하겠다. 그런 생각을 하며 적당한 집을 찾다 보니 시간이 순식간에 지나갔다.

둘이서 살 곳이니 당연히 카즈키와 함께 이사 계획을 세우고 싶었다. 하지만 카즈키는 오늘 집에 들어오지 않는다. 일이 끝난 뒤 슈토의 집에서 묵을 예정이라고 했다.

"아—."

날씨도 좋으니 마나는 간만에 이불을 빨기로 했다. 기온은 그다지 높지 않았지만 햇볕이 닿는 곳은 따뜻했다. 움직이지 않고 가만히 있으니 또다시 잠이 들 것 같았다.

밖에서 오토바이 소리가 들렸다. 오토바이는 엔진이 켜

진 상태로 잠시 멈췄다가 금방 다시 출발했다. 그러다 또 멈췄다. 그 독특한 움직임으로 보아 우편물을 배달하는 오토바이가 분명했다.

오토바이가 마나의 빌라 앞에서 멈췄다. 집배원이 우편함에 무언가를 넣는 듯했다.

오토바이 소리가 멀어진 후에 마나가 우편함을 확인해 보니 편지가 들어 있었다. 마나 앞으로 온 봉인된 편지였고, 보내는 사람의 이름과 주소는 적혀 있지 않았다.

마나는 보이지 않는 무언가에 포위된 것처럼 공포를 느꼈다. 편지를 들고 서둘러 집으로 돌아왔다.

봉투 안팎을 확인했다. 지난번과 달리 이번에는 봉투가 똑바르게 붙어 있었다. 소인 날짜도 어제였다. 소인이 찍힌 장소는 '모리오카'였다.

마나는 떨리는 손으로 봉투를 열었다. 그 안에 든 글을 읽기 전부터 불길한 예감이 들었다.

지난번과 똑같이 하얀 복사용지가 들어 있었고, 인쇄된 글자가 딱 한 줄 적혀 있었다.

—네가 죽였어.

마나는 조용한 집 안이 급속도로 얼어붙는 느낌을 받았

다.

그때 테이블 위에 놓인 스마트폰이 울렸다.

화면에는 모르는 번호가 떠 있었다. 그 번호가 022로 시작하는 것을 본 마나는 심장이 요동쳤다. 022는 센다이의 시외국번이었다.

전화를 받아야 할지 망설였다. 이번에는 모리오카였지만, 지난번 편지에는 센다이의 소인이 찍혀 있었다. 그 편지를 보낸 사람일 수도 있다는 생각이 들자, 전화를 받을 수밖에 없었다.

"…여보세요?"

"스즈쿠라 마나 씨 전화가 맞습니까?"

사오십 대 남자 목소리였다. 차분한 말투였지만, 토호쿠 억양이 묻어났다.

"네."

"저는 미야기현 오야마경찰서의 니시가키라고 합니다."

마나의 머릿속이 새하얘졌다. 수화기 너머의 목소리가 "여보세요? 여보세요?"라고 말했다. 하지만 마나는 대답할 수 없었다.

마나는 다섯 번쯤 "여보세요?"를 들은 뒤에야 심호흡을 하고 "네."라고 대답했다.

"스즈쿠라 카즈키 씨에 관해 드릴 말씀이 있습니다만,

지금 시간 괜찮으십니까?"

"…네."

"며칠 전에 저희 관할 지역의 산속에서 백골 시신이 발견됐습니다. 부검 결과 스즈쿠라 카즈키 씨라는 사실이 확인돼서 연락드렸습니다."

대답을 한 마나의 목소리가 갈라졌다. 덥지도 않은데 땀이 흘렀다. 온몸의 피가 빠르게 돌았다. 추위는 조금도 느껴지지 않았다. 하지만 손이 떨렸다.

마나는 스마트폰에 표시된 전화번호를 컴퓨터로 검색했다. 틀림없이 경찰서 번호였다.

"스즈쿠라 카즈키 씨가 남편분 맞습니까?"

경찰이 마나에게 전화를 걸었다는 것은 이미 기본적인 조사가 끝났다는 뜻이었다. 그러나 이 질문도 하나의 수사 절차일 수 있으니 마나는 대답해야만 했다.

"네."

"사모님은 현재 도쿄에 살고 계시죠?"

"네."

"되도록 빨리 이쪽으로 와주시면 좋겠습니다. 가능하실까요?"

아무리 부부여도 백골이 된 시신을 보고 남편인지 알아볼 수는 없을 것이다. 하지만 경찰의 요구를 거부할 수는 없었다.

마나는 여전히 멈출 줄 모르는 손의 떨림을 느끼며 목소리를 쥐어짰다.

"물론이죠."

당장은 시간이 늦어 내일로 약속을 잡았다. 시신은 이미 백골 상태라 경찰도 촌각을 다투며 서두르지는 않는 듯했다.

"저기…."

"네, 말씀하세요."

"정말 카즈키 씨…, 제 남편의 시신이 맞나요?"

무언가 착오가 있었던 것은 아닐까.

마나는 그렇게 생각하고 싶었지만, 니시가키는 낮은 목소리로 "안타깝지만 그렇습니다."라고 분명히 말했다.

"치과 치료 흔적이 일치하거든요."

"사망한 원인은요?"

"시신이 발견된 장소와 시신의 상태로 보아 추락사라는 결론이 나왔습니다. 안타깝지만 정확한 사망 날짜를 알 수는 없어서 대강만 말씀드리자면, 사망한 지 5년 정도 된 것 같습니다. 당시 남편분의 행적을 사모님께 여쭙고 싶습니다. 자세한 건 이쪽으로 오셨을 때 설명할 테니 우선 경찰서에 들러주시죠."

마나는 어떤 질문을 받을지 불안했지만, "알겠습니다. 감사합니다."라고 대답하며 전화를 끊었다.

마나는 단 몇 분의 대화만으로 완전히 지쳐버렸다. 스마트폰을 든 팔조차 무겁게 느껴졌다.

어떻게 시신이 발견된 것일까. 최근 토호쿠 지방에서는 연일 비가 내렸다. 지반이 약해져 산사태가 일어나는 바람에 시신이 쓸려내려 온 것일까. 아니면 땅속에 묻혀 있던 시신이 밖으로 드러난 것일까.

어느 쪽이든 마나는 이제 다시는 이런 일을 겪지 않아도 될 줄 알았다.

3개월 전, 카즈키가 "다녀왔어―. 마나."라는 말과 함께 마나 앞에 나타난 뒤로는 더더욱. 마나는 옆에 있는 편지로 시선을 옮겼다.

―네가 죽었어.

오늘 아침까지 한 식탁에서 밥을 먹고, 다녀오겠다며 집을 나선 사람은 대체 누구란 말인가.

마나의 머릿속에서 몇 가지 의문이 복잡하게 뒤얽혔다. 그 가운데 한 가지 확실한 사실은 마나가 그동안 남편을 가장한 사람과 함께 살았다는 것이다.

그리고 마나는 한 가지를 더 깨달았다. 마나는 진실을 알고 큰 배신감을 느꼈다.

속았다는 정황보다 그가 그동안 보여주던 다정함이 가짜였다는 사실이 더 괴로웠다. 그에게 사랑받고 있다고 착각한 스스로가 한심했다. 저도 모르는 사이에 카즈키에게 정신적으로 의지하고 있었던 모양이다.

마나는 자신의 손바닥을 들여다보았다.

지난 5년 동안 죽을힘을 다해 살아왔다. 잠자는 시간까지 아끼며 일했다. 공부도 했다. 그래서 지금 이 손에 쥔 것들이 있었다.

"그 사람은 대체 누구지…?"

마나의 머릿속에는 자신을 남편이라 말한 낯선 이의 모습만 맴돌았다.

다음 날 아침, 마나는 센다이역으로 갔다.

지난밤 카즈키는 돌아오지 않았고, 마나도 그에게 연락하지 않았다. 카즈키에게서도 연락은 없었다. 카즈키가 하필 오늘 집에 들어오지 않은 것은 애초부터 계획된 일일까. 아니면 우연일까. 우연이라면 카즈키는 집에 돌아온 뒤 마나가 없음을 알게 될 것이다. 만약 계획적이었다면 그가 마나의 집으로 돌아오는 일은 없을 것이다.

센다이역을 나선 마나는 추위에 몸을 웅크리면서 버스터미널로 향했다.

마나는 평상시보다 커다란 마스크를 썼다. 이 동네에는 옛 지인들이 있다. 이곳을 떠난 지 5년이 지났지만, 알아보는 사람이 있을지도 모르니 가능한 한 얼굴을 가려야 했다.

하지만 마나가 계속 센다이에서 산 것은 아니었다. 어릴 때는 주변 지역을 전전했다. 갓 태어났을 때는 아오모리에서 지냈다고 들었지만, 기껏해야 겨우 몇 개월 살고 말았다고 했다. 엄마와 함께 살던 시절에 가장 오래 머문 곳은 이와테였는데, 거기서도 한곳에 오래 정착하지는 못했다. 길어도 5년. 짧을 때는 3개월 정도만 살다가 거처를 옮겼다.

마나가 집을 나와 센다이로 향한 건 열여섯 살이 끝나갈 무렵이었다. 그리고 5년 전까지는 센다이에서 살았다.

상하행선 지하철 출발시간이 겹쳤는지 사람들이 역 쪽으로 우르르 뛰어갔다. 마나는 그 옆을 스쳐 지나가며 되도록 얼굴이 보이지 않게 고개를 숙이고 걸었다. 사람들과 몇 번 부딪칠 뻔하며 목적지인 버스정류장에 도착했다.

두 번 다시 여기에 돌아오지 않을 생각이었다. 하지만 카즈키가 돌아왔을 때와 마찬가지로 마음속 어딘가에서는 역시 이런 날이 오리라 생각했다.

일요일 아침인 데다 교외선이라 버스에 탄 승객은 마나 외에 세 명밖에 없었다. 마나는 뒤에서 두 번째에 있는 2인석에 앉았다.

어제 한숨도 자지 못했고, 버스 안은 따뜻했다. 평소라면 꾸벅꾸벅 졸았을 테지만 지금은 전혀 졸리지 않았다.

잠시 버스의 진동을 느끼며 달리다 경찰서 앞에서 내렸다. 마나가 접수대에 방문 목적을 말하자, 곧바로 니시가키라는 담당 형사가 마중을 나왔다.

"먼 곳까지 와주셔서 감사합니다."

"아뇨…. 저야말로 일요일에 죄송합니다."

"아닙니다. 경찰서는 편의점처럼 24시간 영업입니다. 저희는 사실 한가해야 좋은 직업인데, 아쉽게도 사건은 밤낮을 가리지 않고 일어나거든요."

니시가키는 경찰서를 벗어나면 절대 경찰관으로 보이지 않을 만큼 겸손하고 부드러운 미소를 지었다. 전화로 목소리를 듣고 추측한 것처럼 나이는 쉰 안팎인 듯했다. 생각보다 키가 커 175센티는 넘어 보였다. 또 몸이 옆으로도 커서 상당히 풍채가 좋았다.

"조촐하지만 들어오시죠."

니시가키가 안내한 곳은 한 평 남짓한 넓이에 철제 책상이 있는 심문실이었다.

"저기…."

마나가 들어가기를 망설이자, 니시가키는 얼굴 앞에 손을 내저으며 말했다.

"심문하는 게 아닙니다. 적당한 공간이 여기밖에 없어서 그렇습니다. 조금 전에 시끄러운 녀석들을 데려와서 경찰서 안이 소란스럽거든요. 여기가 싫으시면 다른 곳으로 가도 되는데…. 어떻게 하시겠습니까?"

니시가키가 한쪽 귓가에 손을 대며 귀를 기울이는 제스처를 취했다. 그의 미간에 주름이 잡혔다.

니시가키의 말처럼 소란스러운 소리가 들려왔다. 이 경찰서 건물은 밖에서 봤을 때도 크기가 아담해 보였다.

"여기서 할게요."

니시가키는 죄송하다고 말하며 마나에게 철제 의자를 권했다.

마나가 자리에 앉자, 다른 남자 한 명이 다가왔다. 니시가키보다는 젊었고 마나보다는 연상으로 보였다. 남자는 입구에 서서 자신을 이와모토라고 소개했다.

"나 혼자 해도 된다니까."

"니시가키 형님만 있으면 여자분이 무서워해요."

"그럼 차라리 여경을 데려오든가."

"다 나가고 없어요."

니시가키는 "하는 수 없군."이라고 중얼거리며 의자에 앉았다. 마나는 형사와 마주 보고 앉자 정말 심문을 당하는 느낌이 들었지만, 심문실 입구는 활짝 열려 있었다. 압박감이 조금 누그러들었다. 이와모토는 입구에 서서 두 사람의 대화를 지켜볼 예정인 듯했고, 니시가키는 "자." 하며 입을 열었다.

"그럼 확인부터 하겠습니다. 마나 씨의 남편분이 스즈쿠라 카즈키 씨 맞으시죠?"

"네."

"저희로서는 남편분의 시신이 맞는지 확인을 받고 싶습니다만, 전화로도 말씀드렸다시피 시신이 이미 백골 상태라 육안으로 판별할 수 있는 상황이 아닙니다."

니시가키는 지도를 펼치더니 "이쯤입니다." 하며 뚜껑이 닫힌 볼펜 끝으로 동그라미를 그렸다.

"남편분이 발견된 장소 말입니다. 이 주변의 산은 고도가 그리 높지 않아서 산나물을 캐거나 등산을 하러 가는 사람들이 많습니다. 하지만 길이 험해서 발을 헛디뎌 추락하는 사고가 없지 않습니다. 남편분이 어디서 어떻게 추락했는지는 모르겠습니다만, 이 주변에서는 멧돼지나 사슴, 곰도 나옵니다."

"그게… 무슨 뜻이죠?"

니시가키는 어떻게 말해야 할지 망설이듯 조금 뜸을 들이다가 입을 열었다.

"전신이 발견되지는 않았다는 말씀입니다. 사후에 동물이 시신 일부를 가져갔을 가능성도 있습니다. 또는 이번에 시신이 발견된 위치 자체가 추락한 장소가 아니라 동물이 옮겨놓은 위치일 가능성도 있어서…"

마나는 상황을 이해했다. 신체 일부가 발견되지 않은 모양이었다. 게다가 치과 치료 흔적으로 신원을 파악했다는 것을 보면 시신은 심하게 손상된 상태일 듯했다.

"남편분이 행방불명되신 게 언제쯤이죠?"

"5년 전 3월이에요."

"그렇군요…. 부검 결과와 일치하는군요. 다만 저희는 구체적인 사망일을 특정할 수 없어서 5년 전 봄쯤에 사망했다는 것만 확인했습니다. 사실 동물 말고도 상황을 어렵게 만드는 요소가 또 있습니다. 민가와 인명에는 피해가 없어서 전국적으로 보도되지는 않았지만, 재작년 이 일대에 호우피해가 있었습니다. 그러니까 산사태도 있었다는 말씀입니다. 시신이 발견된 곳 주변을 수색했지만, 전신을 찾지는 못했습니다. 사모님께서는 원통하시겠지만, 남은 시신이 발견되지 않으면 안타깝게도 더 자세한 정황을 알기는 어렵습니다."

원통하다고?

마나는 그 말을 듣고서야 깨달았다. 사이가 원만한 부부였다면 그렇게 생각했을 것이다. 하지만 마나와 카즈키는 달랐다. 원통한 감정은 조금도 없었다.

"시신이 일부만 발견됐다는 말씀인 것 같은데, 앞으로도 수색을 계속하실 건가요?"

"아니요."

마나의 질문에 대답한 사람은 니시가키가 아니라 문 앞에 서 있는 이와모토였다.

"이미 사고사로 처리했거든요."

"처리…."

마나가 이와모토의 말에 반응하자, 그는 즉시 "아, 죄송합니다."라고 사과했다. 하지만 말뿐인 사과였고 태도에는 반성의 기미가 없었다.

"이와모토, 가만히 있어."

"…네."

니시가키는 "저희가 무례했습니다."라고 말하며 철제 책상에 이마가 닿을 만큼 깊이 고개를 숙였다.

"소중한 남편분을 물건 취급해서 불쾌하셨지요."

"아니에요…. 형사님들께는 일이니까요."

"이해해주시니 저희는 감사합니다만…. 차분하시군요. 5

년이나 행방불명이던 남편분이 시신으로 발견됐는데 말이죠."

"실감이 안 난다고 할지…, 어떻게 하면 좋을지 몰라서요."

거짓말이 아니었다. 진심으로 당황스러웠다. 하지만 진짜 스즈쿠라 카즈키가 시신으로 발견되었기 때문인지, 아니면 지난 3개월 동안 함께 산 스즈쿠라 카즈키가 가짜였기 때문인지는 마나도 판단이 서지 않았다.

니시가키는 들고 있던 볼펜을 짧은 머리카락 사이에 넣어 머리를 긁적였다.

"하긴 부부간의 일을 다른 사람이 어떻게 알겠습니까. 저희 아내는 몸집이 작고 말랐습니다. 다이어트와는 무관한 인생이라는 우스갯소리를 할 정도로요. 그래서 제가 싸움으로 질 리가 없는데 말싸움으로는 한 번도 이긴 적이 없습니다. 저희 아버지께서도 그랬어요. 여자한테 말로 덤비면 안 된다고요."

마나는 맞장구를 치기도 뭣해서 결국 하고 싶은 말이 뭐냐고 눈빛으로 물었다.

니시가키는 자세를 고쳐 앉았다.

"남편분…, 스즈쿠라 카즈키 씨는 실종신고가 들어오지 않았어요. 남편이 행방불명돼도 실종신고를 하지 않는 경우가 없지는 않습니다만, 보통은 걱정돼서 경찰에 도움을 요청하기 마련이지요. 신고하지 않은 특별한 이유라도 있으셨나요?"

그렇구나. 이 사람이 정말 묻고 싶었던 것은 그 부분이었다. 마나는 그제야 니시가키의 의도를 눈치챘다.

이와모토는 못 말린다는 듯한 표정으로 팔짱을 긴 채 한숨을 내쉬었다.

니시가키는 사고사라는 결론을 수긍하지 못한 모양이었다.

마나는 사실을 숨기면 더 의심받을 것 같아 솔직하게 말하기로 했다.

"결혼생활 하면서 매일 다툼이 끊이지 않았어요."

"부부싸움을 했다는 말씀인가요? 부부싸움이라면 저도 합니다. 방금도 말씀드렸듯이 말로는 아내를 이길 수 없지만요. …마나 씨와 카즈키 씨는 어땠죠?"

"저희는… 제가 조금이라도 남편의 말을 거스르면 주먹이 날아왔어요."

예상했던 바인지, 니시가키는 바로 말을 받았다.

"가정폭력이 있었군요. 그래서 참다 참다 어느 날 절벽에서 남편을 밀었나요?"

"아니에요! 전 그런 적 없어요."

"하긴 상식선에서 생각해보면 그렇겠죠. 발견된 시신을 보면 남편분은 키가 컸고, 마나 씨는 보아하니…, 체구가 작으니까요. 남녀 차이를 고려하면 힘으로 이기기도 힘들었을 테고요."

마나는 전신을 훑는 니시가키의 시선을 느꼈지만, 성적인 의미가 담긴 시선은 아니었다. 이 사람이 범인인지 아닌지를 꿰뚫는 듯한 시선이었다.

"남편분은 등산을 좋아하셨나요?"

"그런 건… 아니었을 거예요. 하지만 산에서 자랐다고 했으니까, 지인들과 산에 놀러 간 적은 있었을 거예요. 저를 만나기 전에는 산길을 달리면서 놀았다고도…."

"육상 크로스컨트리처럼 달렸다는 의미는 아니죠?"

카즈키가 오토바이나 차로 폭주를 했냐고 묻는 것이었다.

마나는 고개를 끄덕였다.

"마나 씨가 도쿄로 간 건 남편분이 행방불명된 이후였나요?"

마나는 이번에도 고개를 끄덕였다.

"저는 이혼하고 싶다는 말만 꺼내도 맞았어요. 그래도 너무 헤어지고 싶어서 남편과 대화를 하기로 했죠. 하지만 그날…, 남편은 집에 돌아오지 않았어요. 그 직후에 지

진이 있었고, 지금이라면 도망칠 수 있겠다는 생각이 들어
서…"

"적절한 기관에 보호를 요청하셨다면 좋았겠지만, 그게
마음처럼 쉽지 않다는 것도 이 일을 오래 하다 보니 알게
되더군요. 참고 참다가 비통한 결말을 맞는 경우도 많이
봤습니다. 피해자분이 왜 조금 더 일찍 우리에게 도움을
요청하지 않았을까, 그런 생각이 들어 무력감을 느끼기도
합니다. 하지만 경찰이 할 수 있는 일이 한정적인 것도 사
실이죠. 그래서 더더욱 의문이 들었습니다. 주민등록상 주
소지를 실거주지로 이전하셨던데, 그럼 남편이 쫓아올 수
도 있다는 생각은 안 하셨습니까?"

"관공서 관련 일은 늘 제가 처리했기 때문에 그 사람은
모를 거라고 생각했어요. 실거주지로 이전해야 여러모로
편하니까…"

"아무리 그래도 그렇죠. 요즘은 스마트폰으로 조금만 검
색해보면 뭘 어떻게 해야 하는지 금방 알 수 있잖습니까.
사실은 남편이 쫓아올 수 없다는 확신이 있었던 것 아닙
니까?"

"…그게 무슨 말씀이시죠?"

"남편분이 이미 사망했다는 확신이—"

"니시가키 형사님!" 이와모토가 목소리를 높였다. "이건

심문이잖아요."

니시가키가 등받이에 등을 기대자 의자에서 삐걱 소리가 났다. 마나는 다음으로 무슨 말을 들을까 싶어 내심 긴장했다.

"실은 말이죠, 저희 아버지께서 하신 말씀이 하나 더 있습니다."

마나가 의아한 표정으로 살짝 고개를 기울이자, 니시가키는 "요즘 시대상에는 맞지 않는 말일 수도 있지만."이라고 운을 떼며 설명했다.

"여자를 말로 이길 수 없다고 해서 폭력을 휘두르면 안 된다고 하셨죠. 물론 남자보다 힘이 센 여자도 더러 있지만, 일반적으로는 남자가 더 힘이 세잖습니까? 그러니까 저는 절대 폭력을 행사하지 않습니다. 뭐, 그런 이유가 없었어도, 제 아내가 잔소리를 하는 이유는 대부분 제가 잘못해서이니 저는 찍소리도 못하고 가만히 있을 수밖에 없지만요."

니시가키는 온화하게 말했지만, 마나를 바라보는 그의 눈빛만은 여전히 날카로웠다. 마나는 위험한 질문임을 알면서도 도저히 물어보지 않을 수 없었다.

"형사님은 제가 남편을 절벽에서 밀었다고 생각하시나요?"

그 질문에 대답한 사람은 이와모토였다.

"그렇게 생각하는 사람은 니시가키 형사님뿐입니다."

"이와모토, 좀 조용히 하지?"

"아니요. 아까도 말씀드렸다시피 이대로면 심문과 다름없으니까 좀 끼어들겠습니다. 가정폭력이 있었으니 남편을 실종신고 하지 않은 것도 이해가 됩니다. 시신은 인위적으로 절단된 게 아니라는 사실도 확인했습니다. 발견된 머리 부분의 상태로 보아 사망자가 추락사한 것도 틀림없습니다."

"그건 나도 알아."

"그럼 그만 끝내주세요. 일이 산더미처럼 쌓였는데 사고사로 결론 난 사건을 언제까지…."

이와모토의 시선이 마나를 향했다.

니시가키는 마나를 의심했고, 이와모토는 어서 다음 사건으로 넘어가기를 원했다. 그리고 마나는 이 일을 질질 끌고 싶지 않았다.

좁은 실내에서 저마다 다른 감정이 얽혀들었다.

처음으로 그 분위기를 깬 사람은 니시가키였다. 그는 조금 전과 다른 사람인 양 처음 만났을 때처럼 부드러운 표정을 지었다.

"산에는 CCTV가 없습니다. 무엇보다… 이미 사고사로 결론이 난 사건이라서요."

니시가키는 증거가 없어 어쩔 수 없이 포기했다는 말을 하고 싶은 것일까.

물끄러미 마나를 바라보던 이와모토는 그렇다고 대답하듯 고개를 끄덕였다.

결국 마나는 가정폭력을 이유로 카즈키의 시신을 인수하지 않겠다고 했다.

니시가키는 시신을 인수해줄 친족을 찾겠다고 말했지만, 아마 그런 사람은 없을 것이다. 스즈쿠라 카즈키도 마나와 마찬가지로 가족과 인연이 먼 삶을 살아왔다.

마나는 버스를 타고 다시 센다이역으로 돌아간 뒤 육교 위에서 역사를 바라보았다.

"이걸로 완전히 끝이면 좋겠는데…."

목소리를 내서 중얼거렸지만, 불가능한 바람이라는 것쯤은 알고 있었다. 진짜 남편 스즈쿠라 카즈키와는 마무리를 지었지만, 마나와 3개월 동안 함께 산 또 다른 스즈쿠라 카즈키는──.

"응?"

마나는 반사적으로 뒤를 돌아보았다. 누군가가 이름을 부른 것 같은 느낌이 들어서였다.

주변을 둘러보았지만, 아는 얼굴은 없었다. 일요일 저녁이었다. 역 앞에는 사람이 많았다.

…기분 탓인가?

5년 전까지 여기서 살았다고는 하나, 마나는 옷차림도 화장법도 당시와는 사뭇 달랐다. 지금은 마스크까지 썼다. 스쳐 지나면서 마나를 알아볼 수 있는 사람은 없을 터였다.

마나는 역 안으로 들어가 기차 시간표를 확인했다.

공교롭게도 도쿄행 기차가 막 떠난 시간이었다. 하지만 그리 오래지 않아 다음 기차가 올 예정이었다. 마나는 무인발권기 앞에 섰다.

액정화면에서 구매할 기차표의 목적지를 선택해야 했다. '도쿄' 버튼을 누르려고 검지를 뻗은 순간,

―마나.

그 목소리가 또렷이 들렸다.

마나는 뒤를 돌아보았다. 줄을 서 있는 사람은 없었다. 뒤에도 오른쪽에도 왼쪽에도, 마나의 시선이 닿는 범위에는 역시나 아는 얼굴이 없었다.

'내가 너무 예민한가?'

마나가 과거에 사로잡혀 있기 때문일까.

그렇게 생각하고 싶었다. 하지만 운명인지, 아니면 자신이 누군가의 계략에 휘둘리는 것인지는 모르겠지만, 마나가 지금 여기에 있는 건 우연이 아닌 듯했다.

"…역시 안 되겠어."

마나는 이곳을 떠나기로 마음먹은 그 날을 떠올리며 무인발권기 화면으로 손을 뻗었다.

모든 것이 명확해지기 전까지는 포기할 수 없었다. 전부다 버리고 여기까지 왔으니까.

마나는 구매한 기차표를 들고 개찰구를 통과했다.

기차에 올라타 창가 자리에 앉은 마나는 가방에서 봉투를 꺼냈다.

―네가 죽였어.

그런 내용의 편지가 든 봉투였다.

단서가 될 법한 요소는 날짜와 소인밖에 없었다. 어디서나 쉽게 구할 수 있는 봉투에 기념우표도 아닌 흔하디흔한 디자인의 우표가 붙어 있었다. 전국 어디에서나 구할 수 있는 물건들이었다.

마나는 ―최근까지 한 지붕 아래에서 산― 카즈키를 생각했다.

그는 대체 정체가 뭘까.

기억을 잃었다는 말은 거짓말이라 해도, 얼굴은 어떻게 그렇게 카즈키와 판박이일까. 아무런 상관도 없는 타인이었다면 겉모습이 그렇게까지 똑같을 수는 없었을 것이다.

"생이별한 쌍둥이 형제인가…?"

드라마 같은 설정이라 현실감은 없었지만, 적어도 말은 되는 가설이었다.

카즈키에게 쌍둥이 형제가 있다는 이야기는 들은 적이 없다. 하지만 진짜 스즈쿠라 카즈키의 부모는 그가 아주 어릴 적에 이혼했으니 불가능한 얘기는 아니었다. 이혼한 부모가 자식을 한 명씩 데리고 가서 따로따로 키웠고, 그 후에 각자 재혼해 새로운 가정을 꾸렸을지도 모른다.

만약 카즈키에게 쌍둥이 형제가 있었다면, 어릴 때 헤어진 그 형제는 어떤 사람이 되었을까?

행복한 나날을 보내며 따뜻한 가정에서 자랐다면? 마나가 항상 꿈꾸던 '평범'한 삶을 살았다면?

마나가 모르는 어떤 시점에 두 명의 '카즈키'가 연락을 주고받았을 가능성은…? 답은 알 수 없었다. 어찌 되었든 지난 3개월 동안 마나와 함께 산 스즈쿠라 카즈키가 어떠한 계기로 자신에게 형제가 있음을 알았다고 해도 그리 이상하지는 않았다. 그는 형제의 종적을 좇다가 카즈키가 행방불명됐다는 사실을 알았을지도 모른다. 그리고 어떻게 하면 형제의 행방을 찾을 수 있을지 고민했을 것이다.

하지만 카즈키를 찾을 수는 없었으리라. 그래서 주민등록등본이나 가족관계증명서를 확인해 카즈키가 기혼임을 알아낸 다음 아내인 마나를 찾아온 것일지도 모른다. 그 목적은⋯.

"진짜 스즈쿠라 카즈키가 지금 어떻게 지내는지 알고 싶어서." 마나는 혼자 중얼거렸다.

최소한 그가 도쿄에 있는 마나를 찾아온 이유는 스즈쿠라 카즈키의 행방을 알아내기 위해서였음이 틀림없었다. 상황을 살피던 와중에 스토커에게 시달리는 마나를 못 본 체할 수 없어 모습을 드러내고 '남편'인 척한 것일지도 모른다.

어쩌면 호다카가 집적대는 타이밍에 나타날 수 있었던 것도 우연이 아니라 그 전부터 마나를 감시해왔기 때문이었는지도 모른다. 그리고 그는 기억상실증에 걸린 척하며 마나와 함께 살기로 한 것이다. 자신의 형제가 왜 행방불명이 됐는지, 지금 어디에 있는지를 알아내기 위해서.

이 추리가 들어맞으리라는 자신은 없었지만, 그가 애초부터 카즈키가 아닌 다른 사람이었다면 폭력적이지 않은 것도 당연했다.

"실례합니다. 옆자리 비었나요?"

창가를 바라보며 생각에 잠겨 있던 마나의 머리 위쪽에서 목소리가 들렸다. 정신을 차리고 보니 기차는 어떤 역에 멈춰선 상태였다.

일요일이기 때문인지, 무슨 이벤트라도 있었는지는 모르겠지만, 열차 안은 몹시 북적였다. 마나는 2인석 창가 자리에 앉아 있었는데, 다른 좌석은 거의 다 차 있었다.

"아, 네. 앉으세요."

남자가 "감사합니다." 하면서 마나의 옆자리에 앉았다. 서른 전후일까. 카즈키와 비슷한 나이대인 듯했다.

출장을 온 건가 싶었지만, 그런 것 치고는 복장이 캐주얼했다. 짐은 그다지 크지 않은 여행 가방과 장난감 가게 이름이 적힌 비닐봉지가 전부였다. 왼손 약지에는 심플한 은색 반지가 끼워져 있었다.

가족들을 도시에 두고 혼자 지방에서 일하는 아빠가 휴가를 얻어 집으로 돌아가는 길인 듯했다. 집에서는 아내와 어린 자녀가 기다리고 있을 것이다. 조금 더 일찍 출발하려다가 평일에는 바빠서 못 했던 청소를 마치고 나니 벌써 저녁이 되어버린 것은 아닐까. 마나는 정답을 알 수 없는 상상을 했다.

좋겠다. 자신을 기다려주는 사람이 있는 곳으로 돌아갈

수 있다니. 불 켜진 방과 반갑게 맞이해주는 사람들.

마나는 아주 잠깐 그런 시간을 맛보았다. 하지만 지금은 그것이 헛된 꿈이었음을 안다.

아니, 꿈조차 아니었다. 신기루였다.

카즈키의 말과 행동, 다정함조차도 모두 연기였으니까….

기차는 미야기현을 지나 이와테현으로 들어섰다. 마나는 센다이역에서 상행선이 아니라 하행선 열차를 타고 모리오카로 향하는 길이었다.

오늘 중으로 집에 돌아가지 못하면 내일 제시간에 출근할 수 없을 것이다. 이제까지는 몸이 아플 때조차 일을 쉬지 않았다. 그런데 요즘 마나는 무엇을 하는 것일까.

원래의 삶으로 돌아가려면… 순간 한 가지 방법이 마나의 뇌리를 스쳤다.

그 방법은 너무 위험했다.

그럼에도 마나는 과거의 삶으로 돌아가고 싶지 않았다.

마음이 진자처럼 흔들렸다.

간곡히 부탁하면 지난 3개월을 함께 산 카즈키는 마나의 소원을 들어줄지도 모른다는 생각이 잠깐 들었지만, 곧바로 헛된 바람이라고 고쳐 생각했다.

그 카즈키는 신기루이다. 추억에 현혹돼서는 안 된다.

마나는 계속 그렇게 자신을 타일렀다.

모리오카역에서 내린 마나는 역에 있는 물품보관함에 짐을 넣고 버스정류장으로 향했다. 시내버스 노선도를 확인했다. 여러 지역을 전전한 탓인지 기억이 뒤죽박죽이었지만, 마나가 살던 곳의 이름은 기억하고 있었다.

목적지까지 가는 버스는 막차 시간이 일렀다. 갈 수는 있지만, 모리오카역으로 되돌아오지는 못할 수도 있다. 그러나 마나는 어떻게든 되리라 생각하며 버스에 몸을 실었다.

모리오카에서 살던 때는 센다이로 거처를 옮기기 전, 열다섯에서 열여섯 살 무렵이었다. 어릴 때 머릿속을 가득 채우던 '왜?', '어째서?'라는 의문을 더는 품지 않게 된 시기였다. 그러나 여전히 세상의 이치를 통달한 어른이 될 수는 없는 나이였다. 내가 갖지 못한 것들을 접하면 갖고 싶어지기 마련이니 최대한 바깥세상을 보지 않으려고 애썼다.

하지만 무리였다. 원하는 것이 시야에 들어오면, 붙잡을 수밖에 없었다. 제대로 된 사랑 따위는 할 수 없으리라 생각했지만, 우연히도 그런 기회가 찾아왔다. 연애를 할 때는 참 신기하게도 뒷일이 어떻게 되든 신경 쓸 겨를이 없다. 머리로는 이 사랑이 언젠가 불행한 결말을 맞으리라 생각하면서도 한편으로는 괜찮을 것이라 낙관하고 만다.

사랑은 취기와 비슷하다. 술에 취했을 때는 현실적인 판단을 할 수 없다. 하지만 시간이 지나면 서서히 머리가 맑아진다. 그리고 완전히 취기가 사라지면 깨닫는다. 평생 술에 취한 채 살 수는 없음을.

마지막에 남는 것은 즐거웠던 몇몇 기억과 씁쓸한 추억, 골치 아픈 진실.

하지만 또 새로운 술을 발견하면 그 끝을 알면서도 손을 뻗게 된다. 같은 실수를 반복하는 자기 자신을 나무랄 수밖에 없다.

마나는 버스에서 내려 잠시 그 자리에 서 있었다. 버스 정류장의 이름은 기억 속에 남아 있었지만, 무려 10년 전에 살던 동네의 풍경은 상상 이상으로 바뀌어 있었다. 게다가 인적이 드문 주택가라 공터와 빈집이 많았다.

그래도 마나는 당시 집 근처에 있던 7층짜리 아파트를 발견한 뒤, 희미한 기억과 주소에 기대어 그다지 넓지 않은 도로에 인접한 다세대주택을 찾아냈다.

연식이 느껴지는 목조 건물. 녹이 슨 외부 계단 손잡이. 다 꺼져가는 복도 전등.

그런 것들은 전부 새롭게 바뀌었다. 외부 계단은 보이지 않았다. 2층짜리 다세대주택 외벽은 차분한 베이지색과 갈

색으로 단장했고, 자전거 보관소에는 아동용 자전거가 보였다. 옛날에는 원룸 건물이었지만, 지금은 가족들이 거주하는 다세대주택으로 탈바꿈한 모양이었다.

마나는 쓰레기 수거장으로 다가갔다. 입주민 전용이라고 적힌 간판이 걸려 있었다. 스테인리스로 된 쓰레기 수거함에는 뚜껑이 있어 밖에서는 안에 든 쓰레기가 보이지 않았다.

"마나."

뒤에서 누군가가 마나를 불렀다. 그 목소리는 가까운 곳에서 들려왔다.

마나가 아는 목소리였다. 돌아보지 않아도 그 사람의 얼굴이 바로 머릿속에 떠올랐다.

—도망쳐야 해.

마나는 서둘러 대로 쪽으로 달려갔다. 주택가에는 몸을 숨길 만한 장소가 없었지만, 버스를 타고 오면서 대로변에 있는 편의점과 약국을 본 기억이 났다.

'어떻게 여기에? 내 뒤를 밟았나? 어디서부터? 센다이? 아니면 도쿄에서부터?'

도쿄에서 여기까지 미행한 것이라면, 마나가 경찰서에 다녀온 사실도 알고 있을 것이다. 만약 어떤 수를 써서 마나가 그곳에서 나눈 대화를 전부 들었다면….

마나는 달렸다. 온 힘을 다해 다리를 움직였다.

차가 옆을 지나갔다. 마나가 손을 흔들어 도움을 요청했지만, 도와주는 사람은 아무도 없었다.

발소리가 점점 가까워졌다. 이대로면 잡히고 말 것이다.

"마나!"

바로 뒤에서 목소리가 들렸다.

대로를 달리는 자동차 전조등 빛이 보였다. 조금만. 조금만 더.

하지만 대로에 들어서기 직전, 누군가의 손이 마나의 오른쪽 어깨를 붙잡았다.

"이거 놔!"

마나는 팔꿈치를 돌려 어깨에 올라간 손을 뿌리쳤지만, 그 손은 곧바로 마나의 입을 틀어막았다.

"조용히 해."

마나는 필사적으로 발버둥 쳤지만, 상대가 등 뒤에서 껴안듯 제압하는 바람에 꼼짝도 할 수 없었다. 숨을 쉬기도 힘들었다.

'살려줘. 누가 좀 살려줘…!'

눈앞이 흐려졌다. 귓가에서 퍽 하고 딱딱한 무언가가 부딪치는 소리가 났다. 그러자 마나를 억압하던 힘이 사라졌다.

"괜찮아?"

눈을 뜨니 카즈키—를 가장한 남자—가 유도 기술로 호다카를 제압한 모습이 보였다.

"…어떻게?"

카즈키의 얼굴을 보자마자 마나는 눈물이 터져 나올 것 같았다. 그에게 기대면 안 된다는 것을 알면서도 주체할 수 없이 기뻤다.

"그보다 다친 데는 없어?"

"괜찮…아요."

카즈키는 안심한 표정을 짓더니 호다카를 잡은 팔에 더 힘을 주었다.

"이 끈질긴 새끼. 네가 진짜 매운맛을 봐야 정신을 차리지?"

"나… 나는 아무 짓도 안 했어! 그냥 말만 걸었다고!"

호다카는 결박당한 상태에서도 꿋꿋이 받아쳤다.

"넌 말을 걸 때 사람을 뒤에서 덮치냐? 그것도 미행해서?"

"내가 언제 미행을…. 우연히 같은 장소에 있었을 뿐이야. 우연이라고, 우연!"

"그 말을 믿으라는 거야? 시끄러우니까 입 다물고 있어."

카즈키는 호다카를 제압한 채 마나를 돌아보았다.

"경찰에 신고는?"

마나는 순간 니시가키의 얼굴을 떠올렸다. 그는 마나를 의심하고 있다. 더는 귀찮게 얽히고 싶지 않았다.

마나가 고개를 가로젓자, 카즈키는 예상했다는 듯 "알았어." 하며 호다카의 귓가에 대고 속삭였다.

"이제 절대로, 두 번 다시, 이 여자 앞에 나타나지 마."

작은 목소리였지만 등골이 오싹할 정도로 싸늘했다.

카즈키는 손을 떼더니 호다카의 배를 걷어찼다. 호다카는 몸을 둥글게 말며 신음했다. 꽤나 아픈 모양이었다.

"괜찮은 거예요?"

"이런 인간을 걱정하는 거야? 세게 차지도 않았고 뼈도 멀쩡해. 나름 배려해서 차에 치이지 않을 만한 곳에 뒀고. 근데 이 자식은 또 네 주변을 얼쩡댈지도 몰라."

호다카가 다른 대상을 찾지 않는 한, 그럴 수도 있다. 하지만 지금 마나는 호다카까지 신경 쓸 여유가 없었다.

카즈키는 그 이상 호다카를 언급하지 않고 마나의 손을 잡더니 걷기 시작했다. 이 주변 지리를 잘 아는지 발걸음에 망설임이 없었다.

대로로 나가자 편의점 간판이 밝게 빛나고 있었다. 교통량이 많은 도로변이라 자동차 소음이 시끄러웠다. 마나는 약간 목소리를 높여 말했다.

"저기…, 격투기 배운 적 있어요?"

"복싱하고 유도를 조금 했어. 복싱은 잠깐 하고 말았지만."

이 사람이 스즈쿠라 카즈키가 아니라면 기억상실증도 부상도 없을 터였다. 그렇다면 지금 한 말은 사실이리라. 게다가 무술에 대해 아무것도 모르는 마나조차도 호다카를 제압하는 그의 몸놀림이 예사롭지 않다는 것만은 알 수 있었다. 그러니 거짓말은 아닌 듯했다.

"맨손으로 때렸는데 아프지 않아요?"

"당연히 아프지. 근데 공격하는 쪽은 공격받는 쪽보다 충격이 크지 않아서 괜찮아. 공격하는 사람은 적당한 타이밍과 위치를 봐서 때리니까."

"아…"

그 말이 금방 와닿은 이유는 마나가 항상 맞는 입장이었기 때문이다. 충격에 대비하지 못한 상태에서 맞을 때는 특히나 통증이 컸다. 나이가 들면서 견뎌야 하는 폭력의 종류는 달라졌지만, 마나는 늘 고통스러웠다.

하지만 지금 눈앞에 있는 남자는 마나를 때리지 않았다. 자신의 감정만 앞세워 동의 없이 마나를 만진 적도 없었다. 실제로는 어떤 목적이 있었는지 모르지만, 마나는 이 사람을 미워할 수가 없었다.

"나한테 물어볼 게 그게 다야? 그거 말고 훨씬 더 궁금한 게 있지 않아?"

카즈키는 걸음을 멈추고 마나 쪽을 돌아보았다.

"당신의… 진짜 이름이 뭐예요?"

그 질문은 예상 밖이었는지 카즈키는 조금 놀란 듯 눈을 크게 떴다.

"제일 궁금한 게 그거야?"

"그야…."

"난 스즈쿠라 카즈키여도 괜찮은데?"

"그건…."

마나가 말을 잇지 못하자, 카즈키—를 가장한 남자—가 말했다.

"나는 죽은 사람과 똑같은 이름으로 불려도 상관없어."

역시 그도 알고 있었다.

"어떻게 그걸…?"

"스즈쿠라 카즈키가 죽었다는 걸 어떻게 알았냐고? 나도 너랑 똑같은 타이밍에 알았어."

"…전화를 도청했어요?"

"글쎄."

그는 대충 얼버무렸지만 부정하지는 않았다.

그렇다면 전화 외에 다른 방법으로도 마나의 행동을 감

시했을지 모른다. 3개월이나 함께 살았으니 집에 카메라나 마이크를 설치할 기회는 많았을 것이다.

"얼굴은 성형한 거예요? 아니면 생이별한 쌍둥이 형제? 그것도 아니면 단순히 닮은 건가요?"

카즈키는 마나에게 얼굴을 바짝 들이댔다.

"그건 내가 묻고 싶은 말이야. 왜 내가 스즈쿠라 카즈키라고 생각했어?"

"왜냐니…. 닮았으니까요."

"닮았다…라…"

표정만 봐서는 카즈키가 어떤 감정인지 읽어낼 수 없었다. 한편으로는 슬퍼 보이고 다른 한편으로는 난감해 보였다. 표정이 썩 유쾌하지 않은 것만은 확실했다. 범인을 궁지에 몰아넣고 기뻐하는 얼굴과는 거리가 멀었다.

지금까지 본인의 의지로 그 모든 일을 해왔으면서 어째서?

그런 의문이 든 마나가 물었다.

"왜 스즈쿠라 카즈키가 되려고 했어요?"

"한 마디로 설명하기는 어려워."

카즈키 본인도 난감하다는 듯 말했다.

거짓말 같지는 않았지만 카즈키의 목적을 모르는 지금, 마나는 어떻게 행동해야 할지 고민스러웠다.

다만 힘으로는 카즈키를 이길 수 없다. 도망치기도 힘들 것이다.

"그렇게 고민스러운 표정 지을 필요 없어. 이름 정도는 가르쳐줄게. 난 유마야."

"성은요?"

"우선 택시 타고 역 쪽으로 가자. 이 주변에는 묵을 곳도 없고 추우니까."

유마는 마나의 손을 꽉 잡았다. 지금 마나가 확실히 아는 것은 맞잡은 손이 따뜻하다는 사실뿐이었다.

모리오카역에 도착한 뒤, 마나와 유마는 물품보관함에서 짐을 꺼내 가까운 비즈니스호텔에 들어갔다. 세월의 흔적이 느껴지는 프런트데스크에서 체크인을 할 때, 유마는 "어떻게 할래?"라고 마나에게 물었다. 무엇을 묻는 것인지 되묻지 않아도 마나는 질문의 의도를 알 수 있었다.

"같은 방으로요."

이제 와 내외를 할 필요도 없었다. 유마가 스즈쿠라 카즈키가 아니었다 해도 마나와 함께 시간을 보냈다는 사실은 변함이 없었다. 게다가 두 사람은 이제 외부인에게 들려줄 수 없는 이야기를 나눌 것이 분명했다.

유마는 숙박자 명부 주소란에 마나의 도쿄 집 주소를 썼지만, 성명란에는 '와다 유마'라고 적었다. 마나는 와다라는 성을 보고도 짚이는 바가 없었다.

　엘리베이터를 타고 12층으로 올라갔다. 호텔 방에 들어가자 유마는 또 똑같은 질문을 했다.

　"어떻게 할래?"

　이번에는 마나도 그 질문이 어떤 의미인지 알 수 없었다. 마나가 어리둥절한 표정을 짓자 유마가 검지로 침대 두 개를 번갈아 가리켰다.

　"벽 쪽하고 창 쪽, 어디가 좋아?"

　"아…."

　두 사람의 동거 생활은 유마가 마나의 집에 얹혀사는 형태로 시작되었다. 같이 집 근처에 있는 공원이나 쇼핑몰에 간 적은 있어도 여행을 간 적은 없었기에 당연히 이런 대화는 처음이었다.

　어차피 똑같은 호텔 침대이니 어느 것을 골라도 큰 차이는 없었다. 방도 그다지 넓지 않았고 창도 자그마했다. 굳이 차이를 꼽자면 창가 쪽 침대가 조금 더 TV를 보기 좋은 위치에 있었다.

　"아무거나…."

　"그럼 내가 이쪽을 쓸게."

　유마는 창가 쪽 침대를 골랐다. TV 리모컨을 들고 침대에 올라갔다. 벽에 등을 기대더니 TV 전원을 켜고 채널을 돌리기 시작했다.

긴장감 없는 그 모습은 집에 있을 때와 똑같았다. 하지만 모든 것이 그때와 똑같은 건 아니었다.

마나는 옆 침대에 앉아 유마를 바라보았다.

"그나저나 그 남자가 이런 곳까지 쫓아올 줄은 정말 상상도 못 했어."

"…호다카 말이에요?"

"다른 스토커가 또 있어?"

마나는 '자기도 이런 곳까지 쫓아와놓고…'라고 생각했지만, 아무리 그래도 유마를 호다카와 비교할 수는 없었다.

"방심했다가는 또 들러붙을 거야."

"설마요."

"그렇게 방심하면 위험하다니까. 전에도 한번 떨어져 나갔다가 이번에 또 나타난 거잖아. 날 풀릴 때쯤이면 또 스멀스멀 기어 나올걸?"

"벌레도 아닌데…. 그보다 호다카는 어떻게 제가 있는 곳을…."

"뒤를 밟았겠지. 그 자식은 단순해 보였거든. 너를 뒷조사해서 목적지를 추리해낼 생각은 못 했을 거야."

유마의 눈빛이 한층 더 날카로워졌다. 시선은 TV 쪽을 향했지만, 눈동자는 완전히 다른 곳을 보고 있는 듯했다.

"누군가의 행방을 찾으려고 마음만 먹으면 웬만해선 다 찾아낼 수 있어. 사람의 흔적을 지우기는 생각보다 어려우니까. …물론 예외도 있지만."

"예외요?"

"응. 어디에나 예외는 있어. 호다카만 해도 설마 다시 나타날 줄은 몰랐으니까 예외 중 하나지. 그 자식은 분명히 예전에도 스토킹하던 상대가 있었을 거야. 그런 짓이 익숙해 보였어."

"왜 하필 저였을까요…? 이 세상에 저보다 괜찮은 사람이 얼마나 많은데…."

마나는 전에 상사가 말한 것처럼 타니무라보다 어리다는 점과 회사에서 미혼으로 알려져 있었다는 점 말고는 자신에게 호감을 느낄 만한 요소가 없다고 생각했다. 일을 잘하는 직원도 아니었고, 의지가 될 만한 사람도 아니었으니까.

혹시 멍청해 보여서 쉽게 다룰 수 있으리라 생각한 것일까. 아무것도 모르는 여자를 꼬시기는 쉬우리라 생각한 것일까.

—넌 참 똑똑한 애야.

─넌 바보가 아니야.

─대단해. 센스 있다!

마나에게 그렇게 말해준 사람들이 있었다. 그 말은 마나
에게 힘이 되어 주었다. 하지만 한편, 가슴속 깊은 곳에는
늘 다른 말이 박혀 있었다.

─멍청해. 쓸모없어.

귀에 못이 박이게 들은 그 말은 저주처럼 마나를 옭아맸
다. 아무리 도망치려 애써도 암흑 속에서 불쑥 손을 뻗어
마나를 붙들어 맸다.

"그 남자한테 친절하게 대한 적 있어?"

"네?"

"난 네가 일할 때 어떤지 모르지만… 전에 같이 외출했
을 때, 네 눈빛이 먹잇감을 찾는 동물 같다고 했잖아? 아
마 직장에서도 무심결에 무서운 눈빛으로 일하지 않았을
까 해서."

"그건 제가 아직 미숙하니까…"

"미숙한 거랑은 상관없어. 이제 겨우 2년 차니까 당연히
못 하는 일도 있어야지. 2년 차가 선배들이랑 똑같이 모든

일을 척척 해내면 상사들은 설 자리가 없잖아."

"제 상사도 비슷한 말을 했어요. 하지만…."

"그래도 너한테 일을 맡긴다는 건 네가 열심히 일하는 걸 주변 사람들이 안다는 뜻이야. 그래서 필사적으로 일을 물고 늘어지는 모습만 보다가 어느 날 친절한 모습을 보여주니까…, 반전 매력이라고 하나? 그런 매력을 느껴서 너한테 끌린 거 아닐까? 그런 데에 약한 남자도 있으니까."

마나는 호다카에게 친절하게 대한 기억이 없었다. 하지만 상대방은 그렇게 느꼈을지도 모른다. 그것까지 부정할 수는 없었다.

스토커의 생각이 어떠했는지는 아무리 고민해봐도 알길이 없었고, 마나는 당연히 호다카에게 두려움을 느꼈다. 하지만 호다카가 어떻게 되든 상관없었다. 어차피 경찰에 신고한들 마나가 바라는 처분이 내려지지는 않을 것이다. 그뿐인가. 호다카가 맞았다고 증언하면 유마가 곤란해질지도 모른다. 마나는 그것이 더 걱정스러웠다.

"나를 걱정할 필요는 없어. 호다카가 스토킹했다는 증거를 갖고 있으니까."

"네?"

마나의 순진함에 기가 막히는지 유마가 당연하다는 듯 말했다.

"안 그랬으면 아까 그렇게 놔주지도 않았겠지. 피해 증거를 남겨놓지 않으면 경찰은 개인이 바라는 대로 움직여주지 않거든."

"어느 틈에…."

솜씨가 보통이 아니었다. 심지어 그런 일이 익숙한 것처럼 보였다. 대체 유마의 정체는 무엇일까. 그리고 무슨 목적으로 마나 앞에 나타난 것일까.

유마는 천천히 입꼬리를 당겨 지금껏 한 번도 보여준 적 없는 싸늘한 미소를 지었다.

"그런데 이 지역에 지금도 네 지인이 있어? 가족들은 어떻게 지내?"

뭐가 우스운 거지? 뭘 알고 싶은 거야?

─유마와 스즈쿠라 카즈키의 관계….

어쩌면 마나는 무언가를 착각했는지도 모른다. 생각해보면 와다 유마라는 남자가 어떤 사람인지 마나는 아는 바가 전혀 없었다.

애초에 다른 사람으로 신분을 위장한 사람이었다. 그의 말을 곧이곧대로 받아들이기는 위험했다.

마나는 그런 남자와 단둘이 호텔 방에 있다.

하지만 이상하게도 마나는 유마에게서 도망치고 싶다는 생각이 들지 않았다. 함께 보낸 지난 3개월이 전부 가짜였을 리도 없고, 그렇게 생각하고 싶지도 않았기 때문이다.

유마는 TV 전원을 껐다. 방 안이 조용해졌다.

"이 지역에는 이제 지인이 없어요."

"정말?"

유마는 무엇을 묻고 싶은 것일까. 마나는 유마의 저의를 알 수 없어 섣불리 대답할 수 없었다.

"아까도 말했다시피 조사해도 알 수 없는 것들이 있잖아. 하지만 알 수는 없어도 상상은 해볼 수 있어. 네 주변 사람들이 지금 어떻게 지내는지."

싸늘하게 울리는 유마의 목소리에 마나는 등골이 오싹했다.

"난 시간이 걸려도 알고 싶었어."

"뭘요?"

"진실."

마나가 이 사람에게서 도망칠 수 없겠다고 생각한 그 순간.

마나의 머리가 흔들렸다. ─아니다. 마나가 자의로 움직인 것이 아니었다.

유마가 침대에서 상체를 일으켰다.

"지진이야!"

건물이 거세게 요동쳤다. 공포가 기억의 저편에서 거대

한 파도처럼 몰려왔다.

광 소리가 났다. 벽에 걸린 그림이 떨어졌다. TV가 혼자서 움직였고 전기스탠드가 당장이라도 쓰러질 듯이 흔들렸다.

"안 돼…!"

거기서 마나는 의식을 잃고 말았다.

도시 사람은 냉정하다는 말이 있지만, 나는 그렇게 생각하지 않았다.

인구가 많으니 머릿수로 따지면 냉정한 사람이 시골보다 많을 수밖에 없었다. 하지만 인구가 많은 만큼 자신과 다른 면을 가진 타인을 수용해주는 사람도 많았고, 시골에 있을 때는 소수에 속하던 나와 비슷한 사람을 찾기도 비교적 쉬웠다.

내가 센다이에 처음 왔을 당시에는 부모에게서 벗어나 비로소 맛보는 자유가 좋았다. 하지만 동시에 당황스럽기도 했다.

지식도 경험도 신원을 보증해줄 사람도 없는 내가 할 수 있는 일은 한정적이었다. 게다가 머리를 붙이고 잘 장소도 없었다. 하지만 적절한 상대를 찾아 한순간 사랑에 빠졌다가 깨어나면 하루를 살 만큼의 돈을 벌 수 있었다.

떠돌이 생활을 한 기간은 10개월 정도. 그때 나를 자주 불러주던 남자에게 소개를 받아 업소에 들어갔다. 업소의 소개로 살 곳도 얻었다. 사무실에서 대기하다가 연락이 오면 남자와 호텔에 갔다. 그게 가장 빨리 돈을 버는 방법이었다. 직업에 귀천이 있는지 없는지는 생각하지 않기로 했다. 생각해 봤자 돈이 되지 않는다는 사실을 알아서였다.

게다가 이제는 내 의지로 육체관계를 갖는 것이니 예전보다는 훨씬 나았다.

간혹 진심으로 사랑에 빠질 것 같은 사람도 있었다. 다정하고 이야기를 잘 들어주고 불쾌한 행동도 하지 않는 사람.

하지만 아무리 다정한 남자여도 나와 그 사람 사이에는 꼭 돈이 끼었다. 돈이 관계를 방해했다. 그래서 나는 이제 평범한 연애를 할 수 없으리라고 생각했다. 섹스가 중요한 것이 아니라, 대화만 해도 즐겁고 손이 닿기만 해도 두근거리고 웃는 얼굴만 봐도 행복해지고 옆에 있기만 해도 안심되는 사람과 사랑하는 것 따위는 바랄 수 없겠다고 생각했다.

그런 내가 스무 살이 됐을 때쯤, 처음으로 동성 친구가 생겼다. 같은 업소에서 일하는 네네라는 여자애였다. 나와 네네는 동갑이었고 똑같이 가출한 이력도 있었다. 함께 좋아하는 연예인이 나오는 TV 프로그램을 보며 술을 배웠다. 서로 옷을 빌려 입기도 했다. 하지만 나는 그때까지 내 옷을 특별히 신경 쓴 적이 없었다. 신경 쓸 여유도 없었다. '눈에 띄지 마라', '너 따위에 사용할 돈은 없다', '쓸모도 없는 게'…. 그런 말을 들으며 내가 번 돈을 대부분 부모에게 빼앗겼기 때문이었다. 하지만 집을 나온 뒤에는 달랐다.

나 자신을 위해 돈을 썼고, 내가 원하는 옷과 화장품도 살수 있었다.

네네는 아무것도 모르는 나를 위해 같이 쇼핑을 하러 가주었고 조언도 많이 해주었다. 한 번도 경험하지 못했던 학창시절 방과 후 같은 시간을 맛볼 수 있었다. 어떻게 코디할지 고민하며 탈의실에 옷을 한 아름 갖고 들어가서 최종적으로 결정한 조합이 마음에 쏙 들었을 때, 나는 새로운 인생의 재미를 알게 되었고 내 세상은 한층 더 넓어졌다.

네네의 패션은 점점 화려해졌다. 결국 네네는 기성복만으로는 무언가 부족하다면서 직접 옷을 손보게 되었다. 정리에는 재능이 없는 네네의 방에는 언제나 옷이 널브러져 있었기에 나와 네네는 늘 자연스럽게 내 방에서 만났다. 사실 같은 공동주택 1층과 2층에서 살았기 때문에 틈만 나면 붙어 있었다.

"이 비즈랑 스톤을 깃 주변에 붙이고 옷 아랫단에 리본을 달면 귀여울 것 같지 않아?"

네네의 센스는 독특했다. 네네의 제안대로 만든 옷을 상상해보면 예쁠 때도 있었고, 난해할 때도 있었다. 우리의 관계가 원만하게 이어질 수 있었던 이유는 내가 난해하다고 말해도 네네가 화를 내지 않아서였다. 대신 네네는 내게 더 좋은 아이디어가 있냐고 물었다.

"음…. 아랫단에 리본을 다는 대신 칼집을 내서 리본을 엮으면 어때?"

네네가 내게 의견을 묻는 횟수가 늘어나자, 나는 행인들의 옷을 구경하거나 옷가게 앞을 지날 때면 옷을 유심히 살펴보는 습관이 생겼다. 언제든 아이디어를 낼 수 있도록 준비했다. 나는 원래부터 생각하기를 싫어하는 사람은 아닌 모양이었다. 새로운 발견이었다.

네네는 곧바로 내 제안을 받아들였다.

"아! 그거 좋겠다. 그렇게 하자."

"근데 옷을 빨면 올이 풀릴 수도 있어. 옷감 자체를 자르는 거니까."

"그런가? 그래도 그 디자인이 예쁠 것 같은데…. 버리기는 아쉬워. 아니, 나 그거 입고 싶어! 음, 어떻게 방법이 없을까? 만들어줘!"

내가 한 일은 기성복을 조금 손댄 것뿐이었다. 하지만 네네가 내 아이디어를 칭찬해주고, 그 옷을 입고 싶다고 말해주면 나는 마냥 기뻤다. 어떻게든 좋은 결과를 만들어내고 싶었다.

그 이후 나는 인터넷을 뒤지고 서점에 가고 수예점에 다니면서 옷을 공부했다. 재봉틀도 샀다. 내 방에는 양재 도구가 하나둘씩 늘었다. 네네가 새로운 디자인 의견을 구할 때마다 어떻게 대답할지 생각하는 것이 내 인생에서 가장 큰 즐거움이었다.

그리고 반년쯤 지나자, 나는 서투르게나마 아이디어를 실제 옷으로 구현할 수 있게 되었다.

그날도 어김없이 네네는 새 옷을 들고 내 방에 찾아왔다.

"실력이 많이 늘었구나."

"아니야. 대충 흉내만 낼 뿐이야."

"그렇지 않아, 대단해. 손재주도 좋고 센스도 좋고."

"내가 뭘…. 네네의 아이디어 덕분이야."

"그렇게 겸손할 필요 없어. 조금 더 자신감을 가져."

"하지만…."

"겉치레로 하는 말 아니야. 입에 발린 말은 손님들을 위해서 아껴두거든."

나와 네네는 서로 마주 보며 웃었다. 네네 말이 맞았다. 우리는 손님들을 대할 때면 항상 입에 발린 말을 해주었고 비행기를 태워서 집에 보냈다. 그렇게 해야 다음에도 지명을 받을 수 있기 때문이었다. 자유롭게 돈을 쓸 수 있는 지금이 행복했기에 입에 발린 말을 많이 해도 힘들지 않았다.

그러나 1년, 2년 시간이 지나자 언제까지 이 일을 계속할 수 있을지 불안한 마음이 생기기 시작했다. 젊을 때는 괜찮다. 하지만….

40대가 되어서도 유흥업소에서 일하는 사람이 없지는 않다. 그런데 또래 아이들은 대부분 이 일을 계속하고 싶지는 않다고 말했다.

한편 나는 절대 결혼을 할 수 없는 사람이었다. 학교도 나오지 않았고, 지금 사는 집도 내 명의로 빌린 곳이 아니었다. 내가 이런 삶에서 벗어날 방법은 없었다.

그런 불안감을 토로하자, 네네는 태평하게 말했다.

"디자이너가 되는 건 어때?"

네네의 엉뚱한 제안에 나는 웃음이 터졌다.

"내가? 에이, 안 돼, 안 돼. 절대 못 해."

"못 할 게 뭐 있어? 전에 TV에서 봤어. 뭐라더라? 생판 다른 분야에서 패션업계로 뛰어든 사람이 있다고 했어. 디자이너가 되려면 자격증이 필요한 건 아니지?"

"의사 같은 직업이랑은 다를 것 같아. 하지만 보통은 그런… 전문학교나 대학교에서 공부하지 않나? 옷이나 디자인 같은 걸."

"그럼 학교에 가면 되잖아. 대학교는 들어가기 힘들겠지만, 전문학교는 갈 수 있지 않을까? 내 중학교 동창도 반려

동물 미용사인지 뭔지, 아무튼 미용계열로 전문학교에 들어갔어."

"입학시험은 어렵지 않을 것 같은데… 고등학교 졸업장이 있어야 하지 않아?"

"어? 중졸이면 안 되는 거야?"

"중졸이 들어갈 수 있는 학교도 있을지 모르지만…"

네네는 고등학교를 중퇴했다. 그래서 최종학력은 중졸이었다. 고등학교 2학년까지는 학교에 다녔다고 들었지만, 네네가 말하기를 꺼려서 나도 자세히 묻지는 않았다.

나는 네네에게 고등학교에 가지 않았다고 말했다. 거짓말은 아니었다. 다만 내가 가지 않은 학교가 고등학교만은 아닐 뿐이었다. 내게 공부를 가르쳐주는 사람이 없었다면, 나는 글자도 읽을 줄 몰랐을 것이다.

"만약 중졸이 들어갈 수 있는 학교가 있다고 해도 돈이 많이 들 거야."

"장학금이 있잖아. 장학금 받는 애들이 꽤 많은 것 같던데?"

"응. 근데 상환의무가 있는 장학금[1]이 대부분이니까…"

"뭐라고? 그거 갚아야 하는 거였어? 그냥 받는 게 아니

---

[1] 일본에는 상환의무가 없는 '급부형 장학금'과 한국의 학자금대출처럼 원금과 이자를 상환해야 하는 '대여형 장학금'이 있다.

고?"

네네는 처음 알았는지 놀란 기색이었다.

"음⋯. 그냥 받을 수 있는 장학금도 있고, 갚아야 하는 장학금도 있어."

"그럼 안 갚아도 되는 장학금을 받으면 되겠네. 내 친구의 친구 중에 장학금 받는 애가 있다고 들은 것 같아. 너도 잘하면 분명 받을 수 있을 거야."

네네의 정보는 뒤죽박죽인 데다 엉터리였다. 네네는 어떤 사람이 상환의무가 없는 장학금을 받을 수 있고 어떤 사람이 상환의무가 있는 장학금을 받을 수 있는지 모르는 듯했다. 그래서 나는 그저 웃으며 "그래."라고 대답했다.

상환의무가 있는 유형이든 없는 유형이든 나는 장학금을 받을 수 없었다. 은행 대출도 불가능했다.

하지만 돈이야 열심히 모으면 충분히 해결될 수 있는 부분이었다. 근본적인 문제는 돈이 아니었다.

"내 얘기는 이만하고, 네네는 앞으로 하고 싶은 일 없어?"

"사랑하고 싶어!"

나는 웃음을 터뜨렸다.

"지금도 하고 있잖아."

"그건 그렇지만, 사랑을 해서 행복해지고 싶어."

네네는 낡은 쿠션을 끌어안으며 마룻바닥을 뒹굴뒹굴 굴렀다. 나는 새로 만든 네네의 옷을 얼른 방 한쪽으로 치웠다.

"지금 하는 사랑은 행복하지 않아?"

네네는 사귀는 남자가 금방금방 바뀌었다. 오래가면 3개월, 짧으면 3일 만에도 헤어졌다. 다음 남자친구와는 결혼하겠다고 입버릇처럼 말하는 네네의 마음은 연애 초반에는 끓는 물처럼 뜨겁다가도 한겨울 목욕물처럼 금방 식어버리곤 했다.

이쪽 일을 하다 보면 연애할 때 몸과 마음의 경계가 애매해진다. 좋고 싫은 감정에 따라 살을 맞대는 것이 아니기 때문이다.

"지금도 나름대로 행복하지만, 최고로 행복한 사랑을 하고 싶어."

"네네가 살면서 최고로 행복한 사랑을 나눴던 상대는 어떤 사람이었어?"

쿠션에 얼굴을 파묻은 네네는 "음…" 하며 고민하는 듯하더니 한동안 말이 없었다.

"누구려나…"

네네의 목소리가 흐릿하게 들렸다. 쿠션 때문에 네네의 표정이 어떤지는 알 수 없었다.

말하고 싶지 않은 것일까.

네네는 최근에 하는 연애가 어떻게 흘러가는지 항상 세세하게 말해주었지만, 우리가 만나기 전에 있었던 일은 말하기를 꺼렸다.

그때 행복했다면 집을 뛰쳐나오지도 않았으리라는 사실을 나도 잘 안다. 집이 마음 편한 곳이었다면 네네는 계속 거기서 살았을 것이다.

네네가 쿠션에 묻었던 얼굴을 들었다.

"내 얘기는 됐고, 너는 어땠어? 지금껏 살면서 행복한 사랑을 해본 적 있어?"

"있었어."

내가 망설임 없이 대답해서인지 네네는 의외라는 표정을 지었다. 입을 살짝 벌린 채 눈을 깜박거렸다.

딱 한 번. 나는 사랑할 때 느낄 수 있는 행복감을 맛본 적이 있다. 나는 상대방에게 소중한 존재가 되었고, 나도 그 사람을 소중히 여겼다.

하지만 행복은 오래가지 않았다. 그 사람이라면 내 모든 것을 받아들여줄 줄 알았건만, 착각이었다. 나중에 돌이켜보니 당연한 결과였지만, 바깥세상을 모르던 당시의 나는 그게 당연하다는 사실조차 몰랐다. 뒤늦게 깨달았을 때는 이미 모든 것이 끝난 후였다.

"좋아했던 만큼, 헤어진 다음이 괴롭지."

네네가 갑자기 내 손을 잡고 "맞아!" 하며 말을 이었다. "맞아, 맞아. 진짜 그렇지. 같이 있기만 해도 행복했는데, 그 관계가 끝나고 나니까 살아 있는 것도 괴롭고…. 정말 그래. 옆에 있기만 해도 좋았는데. 같은 시간을 보내고 같은 음식을 먹고 눈이 내리는 모습을 함께 보고, 그냥 가만히 안겨만 있어도 행복했어."

흥분해서 말을 마구 쏟아낸 탓인지 네네는 얼굴이 새빨개졌다.

"얘기하기 싫으면 안 해도 되는데…, 네네가 집을 나온 이유는 혹시 그 사람 때문이야?"

네네는 대답하지 않았다. 하지만 나는 그것이 대답임을 알았다.

집에서 둘 사이를 심하게 반대한 것일까. 상대방의 부모가 네네를 싫어했나? 아니면 네네의 부모가 그 남자를 인정하지 않았나?

네네는 눈에 살짝 눈물을 머금은 채 입가에 미소를 띠웠다.

"세상의 반이 남자라고들 하지만 진심으로 사랑할 수 있는 상대는 그렇게 많지 않아. 아무나 다 좋은 건 아니니까."

"…응."

"난 엄마를 닮은 걸까…."

네네의 엄마도 이혼 경력이 있다고 했다. 다만 우리 엄마와는 달랐다. 늘 지금 하는 사랑이 마지막이라는 듯 열렬히 사랑해서 혼인신고를 하지만, 결국에는 헤어지게 된다고 했다.

"우리 엄마는 다정한 면도 있었어. 운동회 때 3단 도시락도 싸줬고, 내가 아프면 잠도 안 자고 병간호를 해줬어. 물론 난 치과에 가본 적도 없을 만큼 건강 체질이라 아팠던 적이 많지 않았지만. 아무튼 엄마가 사랑을 하지 않을 때는 그랬어. 근데 일단 연애를 시작하면 거기에 빠져서 다른 건 나 몰라라 했어. 게다가 안타깝게도 금방 사랑에 빠지고 금방 질리는 경향이 있었거든. 매번 마음이 획획 바뀌었다니까. 엄마가 만나던 사람 중에 진짜 좋은 사람도 있었는데, 우리 엄마는 상대방의 단점이 보이면 다른 사람한테 눈을 돌리고 그랬어."

"그건 네네랑 똑같네."

"네가 보기에도 그래? 역시 그렇구나…. 닮기 싫은데."

그 중얼거림에는 불만스러운 감정이 묻어났지만, 어쩐지 체념도 배어 있는 듯했다.

네네는 집을 나와 센다이에 온 뒤, 엄마와 한두 번 연락한 것이 전부라고 했다. 그래서 가끔 엄마 생각이 나는 모양이었다.

나는 내가 떠나온 엄마를 생각하는 일이 거의 없었다. 그리웠던 적도 없다. 오히려 엄마와 떨어져 있어서 좋았다. 함께 있을 때도 사람이 아니라 물건 취급을 당했으니 당연히 행복한 추억을 나눈 적도 없었다.

엄마는 자기 기분밖에 모르는 사람이라 내가 본인 시야에 들어오는 것도 싫어했다. 고열에 시달리는 어린 나를 내버려 두고 놀러 나간 적도 있었다. 엄마는 감기에 걸린 내 잘못이라고 혼을 냈다. 새로운 남자가 생기면 거기에 푹 빠져 나를 거들떠보지도 않던 사람이었다.

그래서 나는 엄마처럼 되고 싶지 않았고, 절대 그런 쓰레기 같은 인생을 살지 않겠다고 다짐했다.

네네에게 남자친구가 생기면, 나와 네네가 함께 보내는 시간은 줄어들었다. 자연스러운 현상이라고 생각하면서도 조금 쓸쓸했다. 그래도 '조금'만 쓸쓸한 이유는 보통 네네의 연애가 오래가지 않기 때문에 잠깐 기다리면 함께 보내는 시간이 다시 늘어나리라는 사실을 알아서였다.

우리가 친구가 된 지 3년쯤 됐을 때, 네네가 몹시 흥분한 기색으로 우리 집에 찾아왔다.

"아기가 생겼어."

그 말을 처음 들었을 때, 나는 네네의 배 속에 있는 아기가 아버지를 알 수 없는 아이인 줄 알았다. 네네는 내 표정을 읽었는지 확신에 찬 눈빛으로 나를 보았다.

"얘는 틀림없이 남자친구 아이야. 옛날에는 위험한 짓도 꽤 했지만, 최근에는 조심했으니까 괜찮았을 거야."

아무리 조심한들 완벽하게 괜찮았을 리가 없지만, 이제와 확인해봤자 늦었다.

"…낳을 거야?"

"당연하지!"

"남자친구는 뭐래?"

"내가 좋을 대로 하래."

"결혼은?"

"그것도 내가 원하면 하겠대."

네네는 의기양양하게 말했다.

나는 불안을 느꼈다. 언뜻 듣기에는 그 남자가 네네의 말을 잘 들어주는 것 같았다. 하지만 지금 남자는 모든 상황에서 수동적이었다. 함께 머리를 맞대고 생각하지 않는다는 증거였다.

나는 남자와 그런 식의 대화를 나누는 엄마를 자주 보았다. 그리고 그 결말은 늘 불행했다.

네네가 우리 엄마와 똑같은 전철을 밟을 것이라고 단정할 수는 없었지만, 위험한 냄새가 났다.

"정말 괜찮은 거야?"

"괜찮고말고. 걱정할 것 없어. 그보다 너야말로 평소랑 달라 보이는데, 무슨 일 있어?"

"응? 아니, 아무것도 아니야…."

네네는 석연치 않은 표정을 지었지만 그 이상 캐묻지는 않았다. 자신이 임신했다는 사실만으로도 머리가 가득 찬 모양이었다.

솔직히 나는 다행이라고 생각했다. 지금 네네가 파고들어 묻는다면 나는 다 말해버릴 것만 같았다. 하지만 나는 아직 마음이 정리되지 않았다. 나의 과거, 나의 미래.

평생 이대로 살아야 한다고 생각하니 숨이 턱 막혔다.

행복한 표정으로 아직 부풀지 않은 배에 손을 댄 네네를 보며, 나는 그 행복을 십 분의 일만큼도 손에 넣을 수 없으리라 생각했다.

며칠 후, 네네는 일을 그만두고 혼인신고를 했다.

친구가 멀리 떠나간 느낌이 들어 쓸쓸했다. 이번에 느낀 쓸쓸함은 '조금'이 아니었다. 그래도 네네와의 관계 자체가 끊어지지는 않았다.

사는 동네는 멀어졌지만, 네네는 결혼하고 일을 그만두자 시간이 남는지 낮에 자주 우리 집을 찾아왔다. 산부인과에서 촬영한 태아 초음파 사진을 보여준 적도 있었다.

"귀엽지?"

네네의 눈이 반짝거렸다.

"음…."

솔직히 말하면 초음파 사진만으로는 귀여운지 안 귀여운지 알 수 없었다. 하지만 네네는 사랑스럽다는 눈빛으로 그 사진을 들여다보았다. 그런데 내게는 아기보다 더 신경 쓰이는 것이 있었다.

네네의 옷깃 아래로 언뜻 보이는 어깨에 시퍼런 멍이 있었다. 생긴 지 얼마 되지 않은 듯하던 그 멍은 다음번에 만났을 때는 사라진 상태였지만, 네네의 롱스커트가 바람에 흩날리자 종아리에 잡힌 멍이 모습을 드러냈다. 그뿐만이 아니었다. 옷 사이로 멍 이외에도 예사롭지 않은 상처가 엿보였다.

더 이상 못 본 체할 수 없던 나는 네네가 집에 놀러 왔을 때 물었다.

"네네, 괜찮은 거야?"

네네는 순간 표정이 일그러졌다. 하지만 이내 평상시와 다름없는 말투로 "뭐가?"라고 물었다. 그것이 연기인지, 내 걱정이 지나친 것인지 판단이 서지 않았다.

"그러니까…, 여러 가지로."

"난 괜찮아. 이 아이가 있으니까."

네네는 조금 부풀기 시작한 배를 쓰다듬으며 엄마다운 얼굴을 했다.

나는 캐물어도 소용없겠다는 생각이 들었다. 게다가 지금 억지로 이야기를 끄집어내봤자 네네는 결국 남편이 있는 집으로 돌아갈 것이다. 지금은 네네의 상황을 그저 지켜볼 수밖에 없었다.

일주일 뒤, 나의 불길한 예감이 들어맞았다. 그러나 사건의 크기는 내 예상을 훨씬 뛰어넘었다. 점심시간이 되어갈 즈음 네네가 나에게 연락을 주었다.

지금 병원에 있고 곧 퇴원할 것이라고 했다. 네네가 입원한 사실도 몰랐던 나는 처음에 네네가 다친 줄로만 알았다. 하지만 그렇지 않았다. 네네가 입원한 이유는 유산이었다. 네네는 발을 헛디뎌 넘어지는 바람에 그렇게 됐다고 말했지만, 그 말을 믿을 수는 없었다.

나는 바로 병원에 가서 택시를 타고 네네와 함께 집에 돌아왔다. 물론 내 집으로 왔다.

자세한 사정은 모르지만, 원래는 남편에게 연락했어야

하는 상황에 나에게 도움을 요청한 것만 보아도 갈 곳은 우리 집밖에 없다고 판단했다.

나는 집에 도착하자마자 네네에게 쉬라고 말했다.

"몸은 괜찮아?"

"응. 이제 괜찮아."

말은 그렇게 했지만 네네는 나와 눈을 맞추지 못했다.

"괜찮을 리가 없잖아!"

어째서 조금 더 강하게 말리지 않았을까. 나 자신에게 화가 났다.

네네는 이 결혼을 스스로 결정한 것처럼 보였지만, 사실은 남자의 손에서 놀아난 것과 다름없었다. 겉보기에 예쁜 사과와 흠이 있는 사과. 남자는 두 사과를 네네의 앞에 놓고 선택하게 했다. 남자는 네네가 예쁜 사과를 고를 것을 알고 있었다. 하지만 사실 그 예쁜 사과는 속이 썩어 먹을 수가 없었다. 껍질을 깎아 속을 확인하기 전까지는 알 수 없는 사실이었다.

나는 양손으로 네네의 얼굴을 잡았다. 네네와 똑바로 눈을 맞추었다.

"네네, 넘어졌다는 거 거짓말이지? 나한테만큼은 솔직하게 얘기해! 내가 최대한 힘이 돼줄게. 우리 집에서 지내도 된다고!"

내가 호소하자, 네네 역시 입원 중에 깨달은 바가 있었는지 무너지듯 주저앉더니 천천히 입을 열었다.

연애 때는 한 번도 폭력을 휘두른 적 없던 남편이 결혼한 뒤에는 태도가 변했다고 했다. 원래 한량처럼 살긴 했어도 조금씩은 일을 하더니, 어느샌가 완전히 일을 그만두고 자꾸만 빚을 늘렸다. 가벼운 잡담을 나누다가도 사소한 것에 화를 내며 느닷없이 네네를 때리곤 했다. 사람이 갑자기 변한 이유는 네네도 모르겠다고 했다. 복싱을 배운 적이 있다는 남편의 주먹을 네네는 도저히 피할 수 없었다.

가능한 한 평온하게 살고 싶어 항상 말을 조심했다. 하지만 조금 전까지만 해도 괜찮던 화제가 몇 분 후에는 남편의 심기를 건드리는 기폭장치로 변하곤 했다. 남편은 네네에게 먹고 싶은 음식을 만들어달라고 해놓고는 자기 입맛에 맞지 않으면 상을 엎어버리기도 했다. 그가 원하는 대로 행동하는 것은 불가능했고, 이윽고 네네는 생각하기를 포기했다. 열심히 생각해 봤자 아무것도 해결되지 않으리라 체념한 것이었다.

나날이 거세지는 폭력이 잠잠해지는 순간은 오지 않았다.

"남편이 아기… 유산한 거 듣고 뭐래?"

"별말 안 했어. 집이 더러우니까 일찍 들어오라고만 했고, 병원에는 한 번도 안 왔어."

"한 번도? 왜?"

"내 몸에 멍이 있으니까…. 자기도 의사가 가정 폭력을 의심할 줄 알았나 봐. 병원에는 내가 맞아서 생긴 상처가 아니라고 말했는데…."

"왜? 왜 아니라고 해? 누구한테든 도와달라고 했으면 도와줬을지도 모르잖아!"

"말 못 해! 도와달라는 말이 도저히 입 밖으로 안 나온다고! 게다가… 남편한테 맞았다는 걸 인정해버리면 내가 불행하다는 걸 인정하는 거잖아. 난 결혼하면 계속 행복하게 살 수 있을 줄 알았어. 행복해지고 싶었어. 사랑받고 싶었어! 그런데… 어디서부터 잘못된 거지? 내가 뭘 잘못한 거야?"

네네의 얼굴이 눈물로 얼룩졌다. 흐느끼며 울부짖는 네네의 말을 다 알아듣기는 힘들었다.

하지만 나는 그녀가 무슨 말을 하고 싶은지 충분히 짐작할 수 있었다.

"네네 탓이…."

네네를 보면 가끔 엄마가 겹쳐 보여서, 나는 도저히 네탓이 아니라고 자신 있게 말을 맺을 수 없었다. 하지만 네네가 무엇을 잘못했냐고 묻는다면, 대답할 말이 없었다.

좋아하는 사람과 함께 있고 싶은 마음, 좋아하는 사람의 아이를 낳고 싶은 마음….

그런 마음은 지극히 자연스러운 것이니까.

나는 말없이 네네의 곁을 지켰다. 네네는 하염없이 울었다. 대체 어디서 이렇게 많은 눈물이 솟아나는지 의아할 정도로 울고 또 울었다.

해는 저물고 네네는 울다 지쳤을 즈음, 내가 물었다.

"네네의 결혼 상대는 어떤 사람이야? 갑자기 궁금해서. 결혼하고 싶을 정도로 좋아했던 사람이잖아?"

"결혼하고 싶다…라."

네네는 기억을 더듬듯 허공을 바라보았다. 마치 그 시선 끝으로 과거를 보고 있는 듯했다.

"…다정했어."

"응."

"꿈을 이야기하는 모습이 멋있었어."

"응."

"내 얘기도 잘 들어줬어."

"응."

"그리고 책 읽는 걸 좋아했고, 커피도 좋아했어."

내가 생각하던 이미지와는 달라서 조금 의외였다. 하지만 처음부터 폭력적인 사람이었다면 네네도 그를 선택하지 않았을 것이다. 그 남자가 변한 데에는 어떤 특별한 이유가 있었던 것일까?

"그리고 내 취향이었어, 얼굴이."

"어떻게 생겼는데? 사진 있어?"

"있긴 한데…. 잠깐 기다려봐."

네네는 내게 등을 돌리고 스마트폰에 저장된 사진을 뒤지기 시작했다. 어디까지 내려가는 것일까. 네네는 한참 동안 손가락을 움직였다.

"요즘에는 증거가 될까 싶어서 멍이나 상처 사진만 잔뜩 찍었거든."

잠시 후 네네가 화면을 보며 고개를 끄덕였다.

"이 사람이야."

"흠…."

네네는 이런 얼굴을 좋아했구나. 생각해보니 같이 TV를 볼 때도 이런 느낌의 배우가 등장하면 좋아라 했던 기억이 났다.

키도 크고 어깨도 넓은 데다 체격이 좋았지만, 폭력을 휘두를 것 같지는 않은 선한 인상의 남자였다. 정장 차림이라 그런지 성실한 분위기마저 풍겼다.

"그렇구나. 이 사람이 네네의 남편이구나."

네네는 아무 말도 하지 않았다. 내가 스마트폰에서 시선을 떼고 돌아보니 네네는 너무 울어 피곤했는지 어느새 눈을 감고 새근새근 자고 있었다.

제
4
장

◆

마나가 눈을 뜨자, 익숙한 천장이 시야에 들어왔다. 잠시 멍하니 천장을 보다가 서서히 어젯밤 일을 떠올렸다.

"저 살아 있었군요…"

의자에 앉아 스마트폰을 만지작거리던 유마가 "좋은 아침."이라고 말했다. 도쿄 집에서 듣던 것과 똑같은 인사를 호텔 방에서 들으니 마나는 기분이 이상했다.

"어젯밤 지진은 그렇게 세지 않았어. 이 일대는 진도 3이었대. 건물이 오래된 데다 여기가 12층이라서 실제 진도보다 심하게 흔들리기는 했지만, 그 정도로 사람이 죽지는 않아."

"…네."

"그보다 난 네가 정신을 잃어서 더 놀랐어. 동일본대지진을 겪었으니 트라우마가 남았어도 이상하지는 않지만."

트라우마 때문일까. 물론 지진은 무섭지만, 도쿄로 거처를 옮긴 이후에도 몇 번 지진을 겪은 적이 있었고 그때마다 정신을 잃지는 않았다.

그저께 잠을 한숨도 못 잔 데다 여러 가지로 정신적인 피로가 겹친 것이 원인이리라. 무엇보다 이 동네가 문제였다. 추억이 너무 많았다.

의자에서 일어난 유마가 마나의 침대 옆으로 왔다.

"몸은 괜찮아? 컨디션이 안 좋으면 근처 병원에 가도 돼."

"괜찮아요."

"그래. 그럼 아침 사뒀으니까 먹어. 이제 곧 체크아웃할 시간이야."

침대 옆 테이블에 놓인 시계를 보니 아홉 시 반이었다. 체크아웃까지 30분밖에 남지 않았다.

어젯밤에 나누던 이야기를 마저 하고 싶었지만, 시간이 없었다. 마나는 유마가 사둔 아침을 먹고 서둘러 나갈 준비를 했다. 일어난 지 25분이 될 즈음에 준비를 마쳤다.

호텔 밖으로 나가보니 하늘은 맑았지만 공기는 차가웠다. 유마의 입에서 하얀 입김이 새어 나왔다. 출근이나 등교를 하는 사람이 없어 역과 인접한 거리치고는 사람이 그리 많지 않았다.

"오늘은 하루 종일 나랑 같이 다녀줘야겠어."

오늘은 월요일이다. 원래는 한창 일할 시간이었지만, 마나는 이미 회사에 쉬겠다는 연락을 해놓은 상태였다. 유마가 굳이 설명하지 않아도 이대로 돌아갈 수 없다는 것을 알고 있었다.

"이제 어디로 가죠?"

유마는 따라와 보면 안다는 듯 마나의 손을 잡고 말없

이 역 쪽으로 걸었다.

손을 뿌리치려면 충분히 뿌리칠 수 있었지만, 마나는 가만히 있었다.

"내가 손을 놓쳤으면서 계속 후회만 한다니까. 나중에 후회해봤자 소용없다는 말은 정말 명언이야. 진작 알았으면 다르게 대처했을 텐데."

유마의 말투로 보아 지금 상황을 두고 하는 말이 아님을 알 수 있었다. 소중한 사람을 떠올리며 하는 말이라는 것도.

마나도 옛날에 소중한 사람의 손을 놓친 적이 있었다. 유마와 다른 점이 있다면 비유적인 표현이 아니라는 것이다. 실제로 눈앞에서 멀어져가는 손을 보기만 하고 구하지 못했다. 그때가 인생의 분기점이었다.

그래서 후회만 한다는 유마의 마음을 뼈저리게 공감했다.

"계속 나 자신을 원망했어. 무슨 일이 있든 그때 그 손을 놓지 않았다면 결과가 달랐을지도 모른다고… 나 살자고 도망친 주제에 이제 와서 무슨 소리인가 싶지만."

앞서 걷는 유마가 어떤 표정인지 마나는 알 수 없었다. 하지만 자조적으로 이야기하는 그의 말투는 의외로 담담했다.

"난 대학교에 입학할 때쯤 토호쿠 지방에서 칸토 지방으로 이사했어."

"그렇군요."

뒤를 돌아본 유마가 의외라는 표정을 지었다.

"놀라지 않는구나."

"제일 놀라운 이야기는 벌써 끝났으니까요."

"…내가 다른 사람이라는 거?"

유마가 걸음을 멈추었다. 무언가 고민이 있는지 미간에 주름이 잡혔다.

"아무리 생각해도 답을 모르겠어."

"뭐가요?"

"네가 왜 나를 스즈쿠라 카즈키라고 생각했는지."

"그건 어제 말했잖아요."

"닮았다고? 네가 그렇게 생각하게 된 이유는 짐작이 가는데, 확증이 없다…고 할까? 어쩌다 상황이 그렇게 된 건지 모르겠어."

마나와 맞잡은 유마의 손에 힘이 들어갔다. 마나의 손이 아플 정도였다.

자전거 한 대가 보도에 우두커니 멈춰선 마나와 유마 옆을 지나갔다. 유마는 자신이 길을 막고 있음을 깨닫고는 다시 걷기 시작했다.

"며칠 전까지 시신이 나오지 않은 상황이었으니 단정 지을 수는 없었지만, 스즈쿠라 카즈키는 진작에 사망했을 거라고 생각했어. 살아 있을 가능성이 높았으면 내가 갑자기 계획을 바꿔서 남편인 척하지는 못했을 거야."

"계획을 바꿔서…?"

처음부터 계획한 게 아니었다는 사실을 알고 마나는 다시 혼란을 느꼈다. 그런 전제는 생각해본 적이 없었다.

"유마 씨는 카즈키 씨와 어떤 사이죠?"

"어떤 사이…."

유마가 대답하기 전에 모리오카역에 도착했다. 무인발권기 앞에 서자, 유마는 마나가 도망치지 않을 것이라 생각했는지 잡았던 손을 놓았다.

어디로 가냐고 물을 필요도 없이, 화면을 터치하는 유마의 손가락을 보면 목적지가 어디인지 바로 알 수 있었다.

"자, 여기."

센다이행 기차표였다. 마나는 어제에 이어 왕복 여행을 하는 셈이었다. 센다이에 도착한 뒤에는 어떻게 되는 것일까. 다시 도쿄로 돌아갈 수 있을까? 아니면….

마나의 불안을 잠재우려는 듯 유마가 빙긋 웃으며 손을 내밀었다.

그 손을 잡을지 말지는 마나가 선택할 수 있는 모양이었다.

사실 마나는 어제 도쿄로 돌아가지 않은 시점에 이미 마음의 준비를 끝낸 상태였다. 다시 유마의 손을 잡기까지는 그리 오랜 시간이 걸리지 않았다.

센다이역에 도착하자, 유마는 렌터카를 빌렸다. 마나는 유마와 함께 있어서인지 희한하게도 거리의 풍경이 어제와 다르게 느껴졌다. 과거에 짓눌리는 느낌도 없었고 처음 온 곳처럼 새로웠다.

유마는 차에 올라타더니 내비게이션을 켜지도 않고 운전을 했다. 마나는 어디로 가는지 알 수 없었다.

"유마 씨는 센다이에서 살았어요?"

"아니. 쇼핑이나 행사 때문에 온 적은 있지만, 거주하지는 않았어. 내가 살던 곳은 미야기현에서도 엄청 시골인 동네야. 근데 최근 한 1년 정도 휴가 때마다 이 주변을 돌아다녔더니 이제 길이 익숙해. 원래 기억력이 좋은 편이거든."

"…기억을 잃었다는 얘기도 거짓말이었군요."

"음…. 그렇지. 라르고에서 커피를 마시면서 책을 읽은 건 진짜였지만."

"하지만 본명은 와다 유마였고, 스즈쿠라 카즈키는 아니었군요."

유마가 씁쓸하게 웃었다.

"다른 사람인 척하려면 기억 부분이 제일 까다로우니까. 특히 가까운 사이에는 기록에 남지 않는 대화도 많이 하잖아. 한마디로 추억이라고 할까? 개인과 개인이 공유하는 추억만큼은 사진이나 메일로 남아 있지 않은 한 아무리 조사해도 알 수가 없지. 그래서 대화하다 보면 오류가 드러날 가능성이 크잖아. 사실 처음부터 기억상실증에 걸린 척할 생각은 없었어."

"그건… 호다카 때문이었나요?"

유마는 핸들을 쥔 채 고개를 끄덕였다. 자동차는 그대로 계속 달려 센다이를 빠져나왔다.

"정답. 그 자식이 성가셨던 건 사실이지만, 나한테는 도움이 된 부분도 있었어. 너한테 어떻게 접근해야 할지 고민하던 차에 훌륭한 상황을 만들어 줬잖아."

"다행이네요. 그런 인간이라도 도움이 돼서."

당연히 비꼬는 말이었다. 마나에게 호다카는 해악 그 이상도 이하도 아니었다. 유마도 그 의도를 눈치챘는지 "농담이었어." 하며 바로 말을 고쳤다.

"미안해. 너는 그 상황이 진심으로 무서웠을 텐데. 정말 경찰에 신고하지 않아도 되겠어?"

"네. 아마 이제 괜찮을 거예요."

마나는 "아마도."라고 덧붙이며 호다카의 손이 닿지 않는 곳으로 가면 그만이라는 생각을 했다. 모리오카역에서 유마의 손을 잡은 순간부터 도쿄로 돌아가지 못하는 상황을 각오했다. 이제는 답을 확인할 시간이었다.

출퇴근 시간대가 한참 지나서인지 길은 한적했다. 유마가 운전에 능숙한 덕분에 옆자리에 앉은 마나는 안심이 되었다.

빨간불에 차가 멈추자, 유마는 카오디오를 만지작거렸다. 라디오를 틀었다가 재잘거리는 목소리가 귀에 거슬렸는지 바로 꺼버렸다.

"토호쿠 쪽으로 돌아와서 취직할지 계속 고민했는데, 결국 대학교를 졸업한 뒤에도 칸토에서 살았어."

"왜요?"

"아마 용기가 없었나 봐. 시간이 흐를수록 추억의 무게가 점점 늘어나서…. 마음 편한 곳으로 도망쳤어."

"하지만 최근에는 자주 왔다면서요?"

"어떻게 하면 좋을지 고민하다가 그대로 가만히 있으면 역시 후회가 남겠다는 생각이 들더라고. 내가 움직인 게 잘못된 결정이었다고 생각하지는 않지만, 바른 결정을 했다고 해서 아무렇게나 행동해도 되는 건 아니니까 계속 고민하면서 움직였어."

"지금도 고민 중이에요?"

"글쎄⋯. 고민하지 않는다고 하면 거짓말이고, 역시 이대로 둘 수는 없다는 결론을 내렸다고 할까? 누군가가 움직이지 않으면 아무것도 시작되지 않을 테니까."

그 누군가가 자신이라는 뜻일까.

와다 유마라는 사람은 대체 어떤 사람일까. 스즈쿠라 카즈키와는 어떤 관계일까.

목적지를 알 수 없는 차는 그 뒤로 대화다운 대화도 없이 30분쯤 더 달렸다.

유마는 다양한 매장이 들어선 넓은 쇼핑센터 주차장에 차를 세웠다. 아무래도 이곳이 목적지인 모양이었다.

유마가 시동을 끄기 전에 마나는 문득 어떤 생각이 났다.

"그러고 보니 슈토 씨는 어디까지 아시는 거예요?"

"그 녀석은 좀 애매한데, 아는 것도 있고 모르는 것도 있고, 그런 느낌이야."

슈토에게 민폐를 끼치고 싶지 않아서인지 유마는 대충 얼버무렸다. 하지만 슈토가 아무것도 모른 채 유마를 도왔을 리는 없다.

"어쩌다 보니 도움을 받긴 했지만, 걔는 완전히 외부인이야. 그렇게 도움을 받을 생각은 없었는데, 나와 슈토가 대화하는 순간을 너한테 들키는 바람에 어쩔 수 없었어."

"알고 있었어요?"

"아니. 부끄럽지만 나는 방심해서 몰랐어. 그런데 슈토가 알려줘서… 그 뒤에도 도움을 받아버렸지. 그 녀석, 연기가 서툴러서 지켜보는 내가 다 조마조마했지만."

슈토를 향한 신랄한 비판도 그만큼 친하기에 가능한 것이리라. 유마의 말에서는 부정적인 감정보다 슈토를 가깝게 여기는 마음이 느껴졌다.

"라멘집 앞에서 마주친 것도…."

"응. 우연이 아니었어."

돌이켜 보니 유마는 그때 평소에는 자주 사용하지 않던 스마트폰을 연신 만지작거렸다. 식당에 들어갈 차례를 기다리며 지루함을 달래려고 그러는 줄 알았는데, 사실은 슈토와 연락하는 중이었나 보다. 전에 마나가 스마트폰을 확인했을 때는 그런 내역이 남아 있지 않았지만, 연락을 나눈 뒤 해당 내용을 삭제해 버리면 그만인 일이었다.

그렇다면 두 사람의 첫 만남 일화도 거짓일 터였다.

"그럼 슈토 씨의 직업은…."

"그건 진짜야. 네가 사는 지역의 파출소에서 일해."

"저를 계속 감시한 거예요?"

"그건 우연이었어. 슈토는 원래 다른 곳에서 근무하다가 작년 봄에 그쪽으로 전근을 갔어. 아까도 말했다시피 슈토한테 도움을 받은 건 어쩌다 보니 그렇게 됐을 뿐이고, 처음부터 계획한 건 아니야. 가장 큰 변수는 호다카였는데, 그 외에도 예상 밖의 일이 자꾸 겹쳤어. 그래서 말인데….."

유마는 스마트폰에 사진 한 장을 띄워 마나에게 보여주었다. 얼마 전 마나가 몰래 살펴봤던 스마트폰과는 다른 기종이었다. 케이스의 상태를 보니 꽤 오래 사용한 물건인 듯했다. 지금까지 마나와 지내며 사용한 스마트폰은 임시로 구한 것이고 원래 사용하던 스마트폰은 이 기기인 모양이었다.

"이 사람 알아?"

마나는 유마가 내민 스마트폰을 들여다보았다.

투블럭컷을 해서 뒷덜미의 머리카락이 짧고 머리색이 갈색인 남자였다. 근처에 놓인 의자 높이와 비교해 상상해보니 키가 큰 편인 듯했다. 눈빛은 날카로웠다. 길거리에서 이 남자와 어깨를 부딪치면 본인 잘못이 아닌데도 무서워서 바로 사과가 튀어나올 것만 같았다.

"아, 아니다. 실수야. 이 사진 말고 다른 사진이야. 어, 이 사진."

유마가 미안하다고 사과하며 다른 사진을 보여주었다. 이번에는 일흔 안팎으로 보이는 여자 사진이었다.

마나는 스마트폰을 받아들고 화면을 들여다봤다. 실루엣만 봐서는 마른 체격인 듯했고 흰머리가 많았다. 하지만 멀리서 찍은 사진인지 확대를 해도 얼굴 생김새까지 알아보기는 어려웠다.

"누구…예요?"

"역시 모르겠지?"

유마는 당연하다는 듯 고개를 끄덕였다.

"모르면 됐어. 이렇게 화질 나쁜 사진으로는 알아보기가 어렵지. 조금 더 제대로 된 사진을 구했으면 좋았을 텐데."

유마는 마나의 손에서 스마트폰을 가져갔다.

"자, 가자."

유마는 차에서 내려서 다시 마나의 손을 잡았다. 손에 들어간 힘이 아침보다 강했다. 여기서 도망가게 두지 않겠다는 의미처럼 느껴졌다.

"방금 보여준 사진은 최근에 찍은 건가요?"

"최근이라고 하면 최근이지. 4개월 전이었으니까. 생각난 게 있어?"

"아뇨…. 그 여자분은 누구예요?"

유마는 멈춰서더니 마나의 눈을 물끄러미 바라보았다. 눈을 통해 마나의 기억을 들여다보려는 것 같았다.

"만나면 알 거야, 분명히."

주차장에서 매장 안으로 들어왔지만, 유마는 손을 놓지 않았다.

매장 안은 썰렁했다. 화과자 가게나 꽃집 같은 개인사업장과 식료품점이 공존하는 시골 쇼핑센터였다. 오픈 당시에는 손님이 많았겠지만, 지금은 노인이나 자녀를 데리고 온 손님들뿐이었다. 영업시간이라서 그런지 청소부는 큰 청소도구 대신 대걸레로 바닥을 닦고 있었다.

"저기 있다."

유마의 시선을 따라가던 마나는 그 청소부가 조금 전 사진에서 본 사람과 동일인물임을 깨달았다.

하지만 입은 옷이 사진에서 본 것과 똑같은 작업복이라 알아차렸을 뿐이고, 옷차림이 달랐다면 알아보지 못했을 것이다. 사진으로는 일흔 안팎인 줄 알았지만, 생각보다 허리가 곧고 움직임이 가벼운 것을 보니 50대쯤인 듯했다. 나이보다 늙어 보인 이유는 손질하지 않은 채 방치한 흰머리 탓인 듯했다.

"50대 중에 아는 사람…."

마나는 퍼뜩 깨달았다. 사진만 봐서는 몰랐지만, 머릿속에 떠오르는 한 사람이 있었다.

마나가 유마에게 무어라 말하려고 입을 뗀 순간, 그가 손을 놓았다. 유마의 빈손은 마나도 스마트폰도 아닌 작업복을 입은 중년 여성 쪽을 향했다.

"만나고 와. 틀림없이 반가워할 거야."

유마가 여기까지 알아냈다는 사실을 알자 마나는 온몸에서 힘이 빠졌다. 이미 발뺌하기는 늦었다.

한창 일하는 중인 청소부의 시선은 계속 바닥에 머물렀다. 한 번도 마나 쪽을 돌아보지 않았다. 하지만 두 사람의 거리는 30미터도 되지 않았다.

마나는 얼굴을 감추듯 고개를 살짝 돌리며 작은 목소리로 유마에게 물었다.

"…마츠키 이모와 뭔가 대화를 나눴어요?"

"그냥 조금. 못 만난 지 한참 됐는데도 저분의 이름을 기억하는구나."

"저를 돌봐주신 분이니까요."

"그런 모양이더라. 내가 만난 사람 중에 유일하게 네 과거를 아는 사람이었어. 마츠키 씨가 해준 이야기는 내가 가장 궁금해하던 내용이 아니었고 증거도 없어서 사실 확인은 못 했지만. 특히 오랫동안 약물을 복용한 사람들의 말은 어느 정도 감안하고 듣는 편이거든."

"약물이요?"

"몰랐어? 하긴 그랬겠다. 넌 그때 어렸으니까."

"아뇨. 몰랐지만, 알았어요."

"그게 무슨 말이야? 대충 짐작하고 있었다는 거야?"

"네. 그런 느낌이에요."

마나는 술에 취한 엄마에게서 마츠키가 교도소를 들락 날락한다는 이야기를 들은 적이 있었다. 죄목까지는 몰랐지만, 마츠키의 태도나 말투로 어느 정도 짐작은 했다.

"마츠키 씨는 네 이야기를 할 때 무척 즐거워 보였어. 널 얼마나 예뻐했는지 나도 알겠더라. 자기가 교도소에 있는 동안 네가 사라졌는데, 너를 찾을 방법도 없었고 본인이 계속 돌봐줄 수도 없는 형편이라 계속 마음 한편에 묻어두고 살았대."

"그렇게 마음 쓰지 않아도 되는데…."

마츠키가 없었다면 마나는 아무것도 할 수 없는 어른이 되었을 것이다. 아니, 어쩌면 어른이 되기도 전에 삶이 끝났을지 모른다. 살아가는 방법과 생각하는 방법을 가르쳐 준 사람은 옆집에 살던 그 사람이었다.

"네 말대로 부모보다 더 많이 너를 돌봐준 사람이라면 마음 쓰는 게 당연하지. 마츠키 씨에게 연락해볼 생각은 없었어?"

"할 수가 없었어요."

"왜?"

"예전에 이모가 저한테 준 번호로 전화를 건 적이 한 번 있었는데, 연결되지 않았거든요."

마츠키가 교도소에 있으리라 생각하게 된 건 마나가 그녀와 똑같은 일을 하게 된 이후였다. 마츠키와 비슷한 처지인 여자들을 알고 지내다 보니 그녀의 과거가 어떠했을지 어느 정도 짐작이 갔다.

"시간이 그렇게 많이 흘렀는데, 저를 알아보시겠어요? 우리가 마지막으로 본 건 제가 열두 살 때였어요. 벌써 15년도 더 됐다고요."

"마츠키 씨가 너를 몰라보면 충격이 클 것 같아?"

마나는 자라서 어른이 되었고, 옷과 머리 스타일도 어릴 때와는 완전히 딴판이었다. 마츠키가 알아보지 못하는 게 당연하다는 것을 머리로는 알았지만, 역시 내심 큰 충격을 받을 것 같았다.

유마가 "그럼 이렇게 하자."라고 제안했다.

"네 이름은 말하지 말고 마츠키 씨한테 가서 너를 알아보는지 보는 거야. 몰라보면 조용히 자리를 뜨는 걸로 하자."

"알아보면요?"

"대화를 나눠봐. …마츠키 씨와 대화할 마지막 기회일지도 모르니까."

"왜 그렇게 생각해요?"

유마는 씁쓸한 얼굴로 시선을 떨구었다.

"감…이야."

그 순간, 마나는 지금껏 품었던 의문 가운데 몇 가지가 해결된 느낌이 들었다. 한 가지 진실을 알게 되니, 하나둘 퍼즐이 맞춰지듯 보이지 않던 형태가 보이기 시작했다.

유마는 마나 앞에 나타난 첫 순간부터 마나의 정체를 알고 있었다. 마츠키의 존재까지 알아냈다는 것이 그 증거였다.

"만나고 올게요."

"그래."라고 대답한 유마의 목소리가 마나의 등을 밀어주는 듯했다.

마나는 긴장하며 마츠키에게 다가갔다.

대걸레질을 하는 마츠키는 여전히 바닥만 내려다본 채 고개를 들지 않았다. 하지만 앞을 막아선 신발이 눈에 들어와서인지, 작업에 방해가 돼서인지 이내 손을 멈추고 고개를 들었다.

15년이라는 세월은 실제 시간보다 더 많이 마츠키의 외모를 바꿔놓았다. 그래도 그녀는 틀림없이 옛날에 마나를 돌봐준 사람이었다.

변한 사람은 마츠키뿐만이 아니었다. 마나는 훨씬 더 변했다. 키와 나이처럼 외면적인 부분은 물론이고, 지식과 사고방식까지 변했다.

그런데도 마나와 눈이 마주친 순간, 마츠키의 눈동자가 흔들렸다.

마츠키가 마나의 오른손을 붙잡았다. 마츠키의 팔은 혈관이 불거져 나올 정도로 가느다랬지만, 그 손가락은 마나의 팔을 절대 놓치지 않을 듯 힘이 셌다.

"마나…?"

조금 거친 목소리였지만, 상상한 것만큼 크게 변하지는 않았다. 마츠키는 마나의 기억과 별반 다르지 않은 목소리로 이름을 불렀다.

하지만 그건 지금의 마나가 바라는 것이 아니었다.

마츠키의 목소리로 그 이름을 듣자, 잊고 싶었던 과거의 기억이 한순간에 되살아났다.

"아니야, 아니야, 아니야! 나는 마나가 아니야! 마나가 아니야. '아이愛'야!"

그렇게 외치며, 아이는 자신이 진정 바라던 것이 무엇이었는지 그제야 깨달았다.

쇼핑센터 안에 있는 푸드코트에도 사람은 그다지 많지 않았다. 예전에는 라멘을 팔았을 것 같은 식당은 이제 간판만 남아 있었고, 영업을 하는 매장은 네 군데뿐이었다. 휴일에도 자리가 다 차지 못할 테이블만 빼곡히 놓여 있었다.

마츠키가 푸드코트로 들어왔다. 회색 작업복 대신 멀리서도 알아볼 수 있을 만큼 밝은색 옷으로 갈아입은 상태였다. 그 모습을 보자 아이는 드디어 과거의 마츠키가 겹쳐 보였다.

"많이 기다렸지? …아이."

마츠키는 30분 전에 들은 말을 반영하여, 마나가 아니라 '아이'라는 진짜 이름을 불러주었다.

"아니에요. …저기, 일은요?"

"오늘 일은 이제 끝났어. 나는 오픈 시간 전에 하는 청소가 주 업무거든. 손님들이 매장에 있을 때는 할 수 있는 일이 많지 않아서."

마츠키는 아이의 맞은편에 앉았다. 일이 고되었는지 긴 한숨을 내쉬었다.

"뭐라도 좀 먹을래?"

"아니에요."

"하긴 빈자리가 많으니까 주문하지 않고 앉아 있어도 괜찮으려나?"

아이는 마츠키가 말하고자 하는 바를 눈치챘다.

"아, 마실 거라도 사 올게요."

"괜찮아. 그럼 내가 다녀올게. 여기는 직원 할인을 받을 수 있거든."

마츠키는 아이를 남겨두고 곧바로 가까운 가게로 갔다. 점원과 아는 사이인지 무언가 이야기를 나누더니, 양손에 종이컵을 들고 아이가 있는 곳으로 돌아왔다.

"이거 좋아했지?"

컵 안에는 오렌지주스가 들어 있었다. 그러고 보니 아이는 어릴 적 마츠키네 집에서 오렌지주스를 마실 때마다 무척이나 행복해했다. 사실 집에서는 먹을 수 없는 음식이라 좋았을 뿐이고, 특별히 오렌지주스를 좋아한 것은 아니었다.

그래도 마츠키가 기억해 주었다는 사실이 기뻤다.

"감사합니다."

"이제 어린애가 아니라는 건 알지만, 나는 지금의 아이가 뭘 좋아하는지 모르니까."

마츠키가 어색하게 웃었다. 아이는 자기 혼자만 긴장한 것이 아님을 느꼈다.

"갑자기 찾아뵈서 죄송해요."

"그거!"

"네?"

"그 말투 말이야. 얼굴은 어릴 때 느낌이 남아 있는데 말하는 건 꼭 딴사람 같아. 나는 옛날처럼 말하지 않으면 바보 같이 내 앞에 있는 사람이 누구인지 잊어버릴 것 같아."

마츠키가 쓸쓸하게 말했다.

점심 시간대가 되어서인지 주변 테이블에 사람들이 서서히 모여들어 조금 소란스러워졌다. 그래도 대화하기에는 지장이 없었다. 고요하기 그지없는 공간에서보다는 오히려 대화하기가 편했다.

마츠키가 빨대를 입에 물었다. 그녀의 립스틱은 옛날보다 차분한 색이었다.

"그 사람은? 아까 같이 있던 사람."

"차에서 기다리고 있어요."

"아이 남자친구야?"

단도직입적인 질문에 아이는 쓴웃음을 지었다.

"아니에요."

"그래? 하긴 그렇겠지. 그 사람이 나를 처음 찾아왔을 때는 지금보다 무서운 느낌이었거든."

처음…이라 함은 유마가 아이의 과거를 파헤치려고 마츠

키를 찾아왔을 때를 말하는 것이리라. 유마가 아이를 만나기 전의 이야기였다.

마츠키가 갑자기 아이의 손을 잡았다. 몇 번이고 아이를 향해 내밀어 주던 마츠키의 손은 못 본 사이에 아이의 손보다 작아져 있었다.

"무슨 곤란한 일 있는 거 아니야?"

"괜찮아요."

"정말?"

"네."

아이는 망설이는 티를 내지 않고 고개를 끄덕였다.

잘 얼버무릴 자신은 없었지만, 마츠키에게 걱정을 끼치고 싶지는 않았다.

마츠키는 빨대를 입에 문 채 아이를 바라보았다.

"하긴, 어른이 되면 여러 사정이 생기는 법이지. 정말 다 컸구나. 내가 늙는 것도 당연해."

"아니에요…."

"괜히 빈말할 것 없어. 빈말도 할 수 있을 만큼 성장했구나 싶어서 기특하긴 하지만."

"마츠키 이모가 저를 키워줬잖아요."

아직 어른의 손길이 필요하던 어린 시절의 아이를 마츠키가 도와주었다. 원래는 부모가 했어야 할 일을 마츠키가 대신 해주었다.

아이가 작아진 옷을 계속 입으면 중고로라도 갈아입을 옷을 마련해주었다. 그중에는 나들이옷도 있었다. 그런 옷을 입고 외출할 데가 없다고 하자 마츠키는 "그럼 예쁘게 입고 우리 집에 와."라고 말해주었다.

젓가락질하는 법, 글자 쓰는 법, 인사하는 법도 마츠키가 가르쳐 주었다.

"나는 감사 인사 들을 만한 일을 한 적이 없어. 그냥 내가 좋아서 한 거야."

마츠키의 시선이 네 테이블 정도 떨어진 좌석으로 향했다. 아직 학교에 입학하기 전인 듯한 어린아이가 엄마와 함께 햄버거를 먹고 있었다.

아이와 마츠키가 함께 외출한 적은 거의 없었지만, 몇 번 식당에서 밥을 먹은 적은 있었다. 진짜 모녀로 오해받은 적도 있었다. 그 정도로 아이는 마츠키를 좋아하며 따랐다.

두 사람이 만난 지 2년쯤 되었을 때, 아이는 문득 궁금해서 물어본 적이 있었다. 왜 그렇게까지 챙겨주냐고. 그러자 마츠키는 "내가 만약 그때 애를 낳았으면 나한테도 너만 한 자식이 있었을 테니까."라고 대답했다.

낳지 못했는지, 낳지 않았는지는 묻지 않았다. 다만 마츠키의 행동과 성격으로 보아 후자일 것 같았다. 마츠키는 약에 빠져 자신의 인생을 포기한 것일지도 모른다. 그럼에도 불구하고 다른 사람에게 베풀 선함만은 포기하지 않았다.

마츠키는 깊이 고개를 숙였다.

"끝까지 돌봐주지 못해서 미안해. 일단 시작했으면 끝까지 돌봐줬어야 했는데…. 그러지 못했으니 나 역시도 이기적인 사람이었던 거야. 네 주변에 그런 어른들뿐이라 힘들었지?"

아니라고 대답할 수는 없었다. 아이가 말없이 있자, 마츠키는 쓴웃음을 지으며 "지금은 뭐 하면서 지내?"라고 화제를 바꾸었다.

"도쿄에서 의류 관련 일을…."

"하고 싶었던 일이야?"

"네."

마츠키는 "다행이다."라고 중얼거리며 미소를 지었다.

"그래. 행복해졌구나."

아이는 그 말에도 대답할 수 없었다. 입을 열면 울음이 터질 것 같았다.

눈물을 참으며 웃자, 마츠키가 손을 뻗어 아이의 뺨을 다정하게 쓰다듬었다.

"너희 엄마나 나처럼 되지 않아서 정말 다행이야."

아이가 쇼핑센터 건물을 빠져나오자, 주차장에 있어야
할 유마가 떡하니 기다리고 있었다. 아이는 일부러 차를
세운 곳 반대쪽에 있는 입구로 나왔는데, 유마는 이런 상
황까지 예상한 것일까. 아니면 아이를 계속 지켜본 것일까.

어느 쪽이든 유마에게서 벗어날 수 없다는 사실을 아이
도 이미 잘 알고 있었다. 하지만 지금은 유마와 이야기하
고 싶지 않았다. 목적도 없이 차와 반대되는 방향으로 걸
어가자, 뒤에서 유마가 아이에게 말을 걸었다.

"마츠키 씨랑은 벌써 얘기 끝났어?"

조금 더 오래 대화를 나누고 싶었다. 하지만 딱 그만큼,
만나지 말 걸 그랬다는 생각도 들었다. 아이는 마츠키에게
지금의 자신을 보여주고 싶지 않았다.

"더 얘기한다고 뭐가 바뀌는 것도 아니잖아요."

"하지만 마츠키 씨는 너를 알아봤잖아. 옛날에 예뻐하던
어린애가 어른이 돼서 자기 앞에 나타났으니 더 진득하게
얘기를 나누고 싶었을 텐데?"

"저한테는 떠올리고 싶은 과거 같은 거, 하나도 없어요."

아이는 아빠의 존재조차 몰랐다. 엄마에게는 투명인간
취급을 받았다. 마츠키 덕분에 좋은 기억도 있었지만, 그

건 부모에게 '사람 취급을 못 받아서' 다른 사람에게 도움을 받은 결과일 뿐이었다.

마츠키와 과거 이야기를 하다 보면 어쩔 수 없이 그 사실을 다시 마주해야 했다. 그 정도로 마츠키는 아이의 과거와 맞닿아 있었다.

"하지만 아까도 말했듯이 이제 다시는 마츠키 씨와 대화를 나눌 기회가 없을지도 몰라."

"마츠키 이모가 또 약물을 복용했다는 뜻은 아니죠?"

마츠키가 지금도 약에 손을 대는지 아이는 알 수 없었다. 하지만 분명 약을 끊기는 어려울 것이다. 교도소를 들락날락하던 마츠키가 또 체포될 가능성은 없지 않았다.

그러나 유마가 암시하는 것이 마츠키가 교도소에 들어가는 상황이었다면, 아이가 면회를 가면 될 일이었다. 어렸을 때면 몰라도 성인이 된 지금은 교도소 면회를 못 할 이유도 없었다.

그러니 유마는 다른 의미에서 말하는 것이 틀림없었다. 유마는 모리오카에서 만난 뒤로 아이를 계속 '너'라고 불렀다. 그것이 모든 의문의 답이었다.

"저는 무슨 죄목으로 체포되나요?"

유마는 일정 거리를 유지한 채 계속 아이의 뒤에서 걸었다. 아이가 멈추면 유마도 따라서 멈추었다.

"나는 법률가가 아니야."

"하지만 경찰이잖아요? 그래서 슈토 씨와 친구인 거죠?"

유마는 "슈토 때문에 들켰네."라고 투덜거리듯 말했다.

"친구라기보다 그냥 경찰학교 동기야. 그 녀석은 휴직 중인 내가 다른 사람인 척하면서 너희 집에 사는 걸 계속 반대했거든."

"그래서 그때 슈토 씨가 유마 씨를 불러낸 거군요."

"'남편'인 척하는 게 말이 되냐고, 바보 같은 짓은 그만두라고 하면서도 결과적으로는 내 거짓말에 협조해줬지만 말이야. 슈토는 애가 착해서 내가 위험한 짓 하는 걸 가만두지 못하더라고."

"편지는 두 통 다 유마 씨가 준비한 거죠?"

"왜 그렇게 생각했어?"

"호다카도 조금 의심스러웠지만…. 그 스토커는 저를 쫓아다닐 수는 있어도, 제 과거를 알아낼 만한 능력은 없을 것 같거든요."

유마는 순간 눈을 동그랗게 뜨더니 갑자기 웃음을 터뜨렸다.

"신랄하네."

아이는 '그러는 본인도 호다카를 이용했으면서.'라고 생각했다.

"네 말이 맞아. 첫 번째 편지는 시간이 없어서 불완전한 상태로 배달된 것처럼 꾸몄지만, 두 번째 편지는 신경을 좀 썼어. 편지만 부치고 오는 정도면 당일치기로도 충분히 모리오카에 다녀올 수 있었으니까."

유마는 한 걸음 한 걸음 천천히 아이와 거리를 좁혔다. 아이는 유마와의 거리가 좁아질수록 최후의 시간도 가까워지는 듯한 느낌이 들었다.

유마가 살짝 고개를 숙이고 입을 열었다.

"네가 경찰의 연락을 받기 일주일 전, 미야기현 경찰청 홈페이지에 신원불명의 시신이 발견됐다는 게시물이 올라왔어. 말 그대로 신원불명이라 이름은 공개되지 않았지만, 나는 시신의 특징을 보고 그게 스즈쿠라 카즈키일지도 모른다고 생각했지."

"네?"

"몰랐어? 경찰청 사이트에 들어가면 신원불명자 정보를 확인할 수 있어. 물론 그 정보만으로는 해당 시신이 스즈쿠라 카즈키라고 확신할 수 없었지만, 내가 행방불명된 친척을 찾는 척 경찰청에 문의를 해봤거든."

"그런 편지를 보낸 이유는 뭐예요?"

"네가 왜…, 아니, 어떻게 스즈쿠라 마나로 살게 됐는지 궁금했어. 하지만 같이 살면서도 허점을 찾을 수 없었지.

생각해보면 당연해. 너는 벌써 5년이나 스즈쿠라 마나로 살아왔으니까. 그래서 너를 흔들어 보려고 했어."

"…그랬군요."

건물 주위를 반 바퀴쯤 돈 아이와 유마는 들어온 입구 반대편에 있는 주차장 벤치에 앉았다. 건물이 바람을 막아 주었지만, 그늘 때문인지 쌀쌀했다. 기온이 낮은 만큼 주변에 다른 사람이 없어서 좋았지만, 가만히 있다 보니 발이 시렸다.

아이가 입김을 불며 손을 비비자, 유마가 벤치 옆에 있는 자판기에서 뜨거운 캔커피 두 개를 뽑더니 하나를 아이에게 건넸다.

맨손으로 만지기에는 캔이 너무 뜨거웠다.

"가능하면 이제 내가 모르는 이야기를 해줄 수 있을까?"

아이는 이야기하기 싫은 마음보다 떠올리고 싶지 않은 마음이 더 컸다.

하지만 유마 앞에서는 이제 '스즈쿠라 마나'로 있을 수 없었다. 그리고 유마는 '진짜 스즈쿠라 마나'의 이야기를 듣고 싶어 했다.

그래서 '스즈쿠라 마나로 살게 된 카미사카 아이'는 모든 것을 얘기하기로 했다.

'네네'라고 부르던 스즈쿠라 마나라는 친구의 이야기를.

네네는 병원에서 퇴원한 뒤 한동안 우리 집에서 지내다가 몸 상태가 회복되자 남편을 만나러 가겠다고 말했다. 이혼 이야기를 하러 가야 한다고 했다.

　　네네가 걱정됐던 나는 함께 가겠다고 했다. 하지만 부부간의 일이니 알아서 하겠다는 말에 물러설 수밖에 없었다.

　　그 자리에 없었던 나는 네네와 네네의 남편—스즈쿠라 카즈키가 어떤 대화를 나눴는지 알 수 없다. 그러나 날이 저문 뒤에 우리 집으로 돌아온 네네는 한눈에 봐도 알 수 있을 만큼 넋이 나간 상태였다. 어떠한 일이 벌어졌다는 것만은 확실했다.

　　"어떡해…. 어떡해…. 난 그럴 생각이 아니었는데…"

　　패닉에 빠진 네네는 똑같은 말을 반복했다.

　　"네네, 울지만 말고 무슨 일이 있었는지 얘기해봐!"

　　네네는 계속 양손을 파르르 떨었다. 내가 그 손을 잡고 "괜찮으니까 말해봐."라고 몇 번이고 안심을 시키자, 네네는 그제야 더듬더듬 이야기를 시작했다.

　　대략 두 시간에 걸쳐 들은 정황은 이랬다. 네네가 이혼 이야기를 꺼내자, 남편은 마지막 추억을 쌓으러 함께 나들이를 가자고 했다. 내키지는 않았지만 나들이를 다녀오면 이혼 서류에 사인하겠다는 말에, 네네는 어서 그 관계를 끝내고 싶어 남편의 말을 따랐다고 했다.

자동차는 산을 향해 달렸고, 도중에 불길한 예감이 든 네네는 도망칠 기회를 노렸다. 하지만 사람도 차도 적은 곳이라 도망칠 방법이 없었다. 어딘가에 도움을 요청하고 싶었지만 스마트폰은 뒷좌석에 둔 숄더백 안에 있었고, 조수석에서는 거기까지 손이 닿지 않았다.

산속에 도착한 뒤 남편은 차에서 네네를 거칠게 끌어 내리며 보험금을 운운했고, 네네는 이제 죽겠구나 생각했다. 그러나 남편이 진흙탕에 발이 묶여 몸의 균형을 잃은 찰나를 놓치지는 않았다. 네네는 절벽 밑으로 남편을 밀쳤다.

다만 제정신이 아니던 네네는 남편이 균형을 잃어서 절벽으로 떨어진 것인지, 자신이 밀어서 떨어뜨린 것인지 모르겠다고 울부짖었다.

"내가 죽였어. 어떡해!"

"네네, 목소리 낮춰. 그렇지 않아. 지금 네가 충격이 커서 혼란스러울 뿐이야. 괜찮아. 네 잘못이 아니야."

나는 옆집에 말소리가 들릴까 신경 쓰면서도 침착한 척했다. 하지만 속으로는 불안했다.

매일 폭력을 휘두르던 상대를 네네가 쉽게 밀어 떨어뜨릴 수는 없었을 것이다. 남편의 발이 미끄러졌다는 말은 분명 사실이리라.

하지만 증거가 없었다. 네네가 곧바로 구급차를 불렀으면 몰라도, 그 자리에서 도망쳤으니 의심받을 여지가 있었다. 만약 폭행당했다는 사실을 증명한다 해도, 이혼을 거부당한 네네가 남편을 죽이기로 한 것 아니냐는 의심을 받을 가능성도 있었다. 어떤 것이 정답일지, 네네에게 가장 좋은 방법은 무엇일지, 이대로 가만히 있으면 어떻게 될지, 나는 알 수 없었다.

며칠이면 몰라도 몇 주, 몇 개월 씩 네네 남편이 나타나지 않으면 그의 가족이나 주변 사람들이 이상하게 생각할 것이다.

"네네, 너희 남편의 가족 이야기를 좀 해줄 수 있을까?"

흐느껴 울던 네네는 얕은 숨을 몇 번 들이쉬고 내쉰 다음 겨우 입을 열었다.

"어릴 때 부모님이 이혼해서 어머니랑 같이 살다가 사이가 나빠져서 집을 나왔다고 했어. 몇 년 전에 어머니가 돌아가셨다는 연락을 받았는데 장례식에도 가지 않았대. 정확한 시기는 모르지만, 아버지도 벌써 돌아가신 것 같아. 형제가 있는지는 모르겠어. 나랑 카즈키는 둘 다 좋은 가정에서 자라지 못해서 서로 공감하고 잘 이해할 수 있을 줄 알았어."

"그래…."

공감을 원하는 마음은 충분히 이해가 되었다. '똑같다'거나 '비슷하다'는 말은 마음의 거리를 좁히는 법이니까.

"네네의 남편은 진짜 죽은 거야? 살아 있을 가능성은 없어?"

"그렇게 높은 데서 떨어졌으니 살아 있을 리가 없어. 자세히는 몰라도 절벽 밑이 보이지도 않을 만큼 높은 곳이었고, 아래로 떨어지는 순간 목소리가 점점 멀어지면서…."

"목소리? 남편이 뭔가를 말했어?"

"말을 했다기보다… 놀란 것 같기도 하고 원망하는 것 같기도 한 목소리로 내 이름을 부르면서 떨어졌어. 마나―라고…. 내가 카즈키를 밀었어. 내가 카즈키를 죽인 거야!"

날이 바뀔 때쯤, 나는 네네의 흥분을 가라앉히기 위해 술을 권했다. 네네는 잠시 머뭇거리다가 잔을 받아들고는 단숨에 술을 들이켰다. 불안을 잠재우고 싶어서인지, 평소보다 마시는 속도가 빨랐다.

한 시간 뒤, 우리는 바닥에 드러누워 낮은 천장을 바라보았다. 밤이 깊어 둘이서 몸을 딱 붙인 채 속삭이듯 대화를 나누었다.

"네네…. 아, 일 그만둔 지도 꽤 됐는데 이 이름이 입에 붙어서 안 떨어지네." 내가 말했다.

네네는 마나가 업소에서 일할 때 사용하던 가명이었다. 마나라는 본명은 친해지고 나서 알았다. 그리고 마나는 결혼하면서 성을 스즈쿠라로 바꾸었다.

"그러고 보니 그렇네. 근데 이제 와서 서로 아이나 마나로 부르려니까 왠지 이상해."

"그러게. 나도 마나가 날 아이라고 부르면 어색할 것 같아. 그 이름이… 내 진짜 이름인데."

마나는 어리광부리는 애처럼 내 품에 파고들었다.

"아이, 아이, 아—이."

조금 전 과도하게 흥분한 탓인지 마나는 평소보다 몹시 취했다. 자꾸만 목소리가 커졌다.

하지만 아무리 술을 마셔도 불안은 사라지지 않는지, 마나는 도수 높은 술을 연거푸 들이켰다. 나도 말리지 않았다.

우리의 이야기는 끝없이 이어졌다.

이대로 입을 다문다면 스즈쿠라 카즈키가 절벽에서 떨어졌다는 사실을 들키지 않을 수도 있다. 애초에 정기적으로 출근을 하는 사람도 아니었고, 행방을 궁금해할 친척도 없었다. 그렇다면 이대로 가만히 있어도….

하지만 그렇게 되면 마나는 평생 불안을 떠안은 채 살아야 한다. 혹시나 남편의…, 스즈쿠라 카즈키의 시신이 발견되지는 않을까. 그 절벽 밑에 남편이 살아 있는 것은 아닐까.

무엇보다 마나는 자기 손으로 사람을 죽인 죄를 계속 끌어안고 살기가 무섭다고 했다.

나는 그것이 죄인지 아닌지 판단할 수 없었지만, 아무튼 경찰에 알리는 게 낫겠다는 결론을 내렸다.

어떤 결과가 나오든 마나는 당분간 자유를 잃을 것이다. 하루 이틀로 끝날지 한 달이 걸릴지 그 끝을 예상할 수는 없었지만, 어찌 되었든 오늘 밤만은 다 잊고 술을 마시기로 했다.

"아이, 아—이."

"엄청 흥이 올랐네. 무슨 일이시죠? 마나 씨."

"아이愛라는 이름 좋다. 사랑 애 자를 쓰니까 여러 사람한테 듬뿍 사랑받을 수 있을 것 같아."

순수하게 말하는 마나를 보며 나는 잠시 할 말을 잊었다.

"…그렇지도 않아. 나는 계속 그 이름이 싫었어."

"그래?"

"응. 나를 낳은 여자는 나보고 쓸모없다고 했거든."

"표현에 서툴렀을 뿐이고, 사실은 너를 사랑했던 거 아닐까?"

"그건 아니야."

나는 딱 잘라 말했다. 살면서 '절대' 아니라고 단정 지을 수 있는 순간은 많지 않지만, 이것만큼은 단언할 수 있었다. 그 여자는 나를 사랑하지 않았다. 자기 자신밖에 모르는 사람이었다.

나를 존재하지 않는 것처럼 취급했다.

"하지만 나를 아껴준 사람도 있었어. 마츠키 이모라고, 나를 도와주고 많은 것들을 가르쳐 준 사람이었어. 부모한테 받은 이름이 싫어서 다른 이름으로 불러 달라고 조른 적도 있었어. 그때 이모가 얼마나 난감한 표정을 짓던지…."

"뜬금없이 다른 이름으로 불러 달라고 하니까 당연히 난감하지."

"마츠키 이모는 엄마랑도 아는 사이였으니 더 그랬을 거야. 근데 엄마가 어떤 부모인지도 아니까 내 마음을 이해해 줬어. 사랑 애愛라는 한자를 '아이'가 아니라 다른 식으로 읽어서 이름처럼 불러줬어."

"다른 식으로?"

"응. —'마나'라고."

"마나? 내 이름이랑 똑같잖아!"

"그렇지…."

네네의 본명을 들었을 때, 나는 과거의 나를 떠올렸다. 집을 뛰쳐나온 것도, 좋아하던 사람과 헤어진 것도 비슷해서 마나와 내가 닮았다는 생각을 했다.

"그렇구나. 똑같구나, 우리."

마나는 몇 번이고 "똑같구나."라고 말하다 잠들었다. 나는 마나에게 이불을 덮어주었다. 마나의 잠든 얼굴을 보며 나는 "그렇네."라고 대답했다.

처음에는 닮았다고 생각했다. 하지만 나와 마나는 전혀 달랐다.

마나는 부모에게 사랑받았다. 하지만 나는 이 세상에 존재하지 않는 사람이었다. 부모가 출생신고조차 하지 않아서 내게는 호적이 없었다.

세상 어디를 뒤져봐도 나를 증명할 수 있는 것은 없었다.

나는 마나가 부러웠다. 모든 것을 갖고 태어나지는 않았어도 나보다 많은 것들을 가졌으니까.

나는 마나가 되고 싶었다. 하지만 그 바람은 이루어질 수 없었다. 그래서 카미사카 아이는 영원히 이 세상에 존재하지 않는 사람이어야 했다.

눈을 뜬 마나는 이불 속에서 머리를 싸쥐며 신음했다.

"아파."

"숙취 때문이야."

방에 굴러다니는 술병을 보면 의심의 여지가 없었다. 마나만큼 마시지는 않았지만, 나도 머리가 무거웠다. 새벽에 잠든 탓에 우리가 눈을 떴을 때는 이미 정오에 가까운 시간이었다.

"정리 끝나면 나갈까?"

"그 전에 샤워할래."

"그래. 수건은 늘 두던 곳에 있으니까 편하게 써."

"고마워."

마나가 샤워를 하는 동안 나는 방을 청소했다. 평소보다 긴 샤워를 마친 마나는 개운한 표정으로 욕실에서 나왔다.

마나는 자기 짐을 정리하고 최소한의 물건만 챙긴 뒤 신발을 신었다.

"그럼 다녀올게."

나는 현관에서 뒤를 돌아본 마나를 붙잡았다.

"나도 같이 갈게."

"그러면 아이한테 민폐잖아."

"어차피 경찰이 어젯밤 어디에 있었냐고 물어볼 거야. 거짓말을 하면 오히려 위험해질 테니까 내가 같이 있었다고 증언할게. 물론 그동안 무슨 일이 있었는지도 내가 아는 만큼 증언할게."

마나의 눈시울이 붉어졌다.

우리는 집에서 나와 자동차에 올라탔다. 마나는 차 시동을 걸고는 크게 한숨을 내쉬었다.

"어제 이 차를 몰고 산에서 아이네 집으로 내려올 때 너무 불안해서 온몸이 떨렸어. 나도 절벽에서 뛰어내려야 되나, 그런 생각도 하고."

"마나!"

"알아. 지금은 그런 생각 안 해. 괜찮아. 다시 일어설 수 있을 거야. 난 잃을 것도 없으니까. 음… 살인범이 될지도 모르지만, 사형되지는 않겠지."

"괜찮아. 마나가 걱정하는 것만큼 나쁜 일이 생기지는 않을 거야."

"고마워. 아이가 그렇게 말해주니까 나 힘내볼게. 있잖아, 앞으로 어떻게 될지 모르니까 미리 말하는 건데, 내가 교도소에서 나오면 아이를 만나러 가도 될까? 민폐일까?"

"당연히 와도 되지."

애초에 사고였다고 주장하면 무죄로 끝날 가능성도 있을 것 같았다.

하지만 마나는 자신이 남편을 죽였다고 생각했고, 실제

로도 그 생각이 맞을지 모른다. 그 진위만큼은 나도 알 수 없었다. 내가 보지 못했으니 진실이 어디에 있는지 추측할 수도 없었다. 하지만 바로 그렇기 때문에 어떻게든 해결되리라는 느낌이 들었다. 마나의 남편은 떠밀리는 바람에 떨어진 것일까, 단순히 발이 미끄러진 것일까. 그리고 경찰은 과연 이를 파고들까….

"가자."

차가 출발한 지 얼마 안 되었을 때, 마나는 돌아가는 길이긴 하지만 바다를 본 뒤에 경찰서로 가고 싶다고 말했다. 차 안에 있는 시계를 확인하니 아직 오후 두 시 반을 조금 넘긴 시각이었다. 시간은 충분했다. 나는 마나가 원하는 대로 하라고 말했다.

평일 낮이라 도로는 한산했다. 막힘없이 신호를 지나며 우리는 해안도로를 달렸다.

마나는 평소보다 수다스러웠다. 어제 마신 술의 여운이 남았는지 몹시 들떠 보였다. 일부러 밝게 떠드는 것 같기도 했다.

"있잖아, 아이. 나중에도 또 이렇게 드라이브하자. 아이도 면허를 따서 같이 멀리 나가자."

내게 호적이 없다는 사실을 마나에게는 말하지 않았다. 내가 면허를 딸 수 없는 이유를 지금 설명할 생각도 없었다. 모든 것이 끝났을 때 설명해도 늦지 않으리라 생각했다.

"면허… 딸 수 있을까? 난 운동신경이 나쁘잖아."

"그렇게 빼지 말고—."

마나는 창문을 활짝 열었다. 눈이 조금씩 흩날렸다. 해풍을 타고 창문으로 모래가 들어왔다. 파도는 잔잔했지만, 소금기를 머금은 바람은 차갑고 조금 끈적했다.

"추워."

"뭐 어때? 상쾌하잖아."

마나가 소탈하게 소리를 내어 웃었을 때였다.

자동차가 옆으로 움직였다. 마나가 소리를 질렀다.

"뭐야, 이거! 핸들이…"

땅이 거세게 흔들렸다.

아이는 이야기하는 동안 조금도 추위를 느끼지 못했다. 하지만 손에 쥔 캔커피는 완전히 식어버린 상태였다.

아이의 입에서 나오는 과거 얘기를 무표정하게 듣던 유마는 이야기가 끝나자 어쩐지 안도한 표정을 지었다.

"마나의 죽음은 자연재해 때문이었고, 네가 죽인 건 아니었구나."

"그 뒤로 지진 해일이 오지 않았다면 저희는 틀림없이 경찰서에 갔을 거예요."

유마는 왼손으로 얼굴을 가리며 위쪽을 쳐다보았다. 입술이 천천히 '마나'를 부르듯 움직였다. 하지만 유마가 부른 '마나'는 지금 옆에 있는 아이가 아닌 것 같았다.

"유마 씨와 스즈쿠라 카즈키는 어떤 사이였어요? 생이별한 쌍둥이 형제라든가…."

유마는 너무나 명백하게 불쾌한 얼굴로 아이를 쳐다보았다.

"설마 그럴 리가. 스즈쿠라 카즈키랑은 아무 사이도 아니야."

"네?"

"뭔가 오해가 있는 것 같은데, 나랑 그 사람은 생판 남이야. 오히려 나랑 가족이었던 사람은 마나야."

"설마… 마나의 오빠?"

"아주 잠깐이었지만, 맞아. 내가 고3이고 마나가 고1이었을 때, 우리 아버지랑 마나의 어머니가 재혼했거든. 재혼이 갑작스럽기도 했고, 나랑 마나는 둘 다 고등학생이었으니 처음 만나는 사람을 갑자기 남매로 보기는 힘들었어. …내가 첫눈에 반했다고 볼 수 있지. 한 지붕 밑에서 좋아하는 여자애와 함께 살게 된 거야. 난 어렸고… 지금 생각하면 조금 부끄러울 정도로 연애에 빠져 있었어."

"마나의 어머니가 계속 결혼과 이혼을 반복하는 사람이었다는 얘기는 들었어요."

"맞아. 우리 친엄마는 내가 여섯 살일 때 돌아가셨고, 그 뒤로 10년 넘게 아버지와 둘이서 살다… 어떤 일이 있었는지는 모르겠지만, 아버지도 사랑을 하게 된 거지. 하지만 고지식하고 점잖은 아버지는 자유분방한 마나의 어머니와 오래 관계를 이어갈 수 없었어. 여러 가지로… 뭐, 아버지가 말하기를 꺼리셔서 나도 자초지종을 다 아는 건 아니지만, 남녀 문제랑 빚 문제가 있었던 것 같아. 그래서 1년도 안 돼서 이혼했어. 우리 아버지 입장에서는 본인이 마나의 어머니에게 놀아난 꼴이니까 나도 마나와 계속 사귀다 보면 언젠가 피해를 볼 거라고 생각하셨나 봐. 내가 대학교에 들어갈 때쯤 마나와 헤어지라고 하셨고, 나도 아버지 말씀을 따랐어. 그렇게 마나와 내 관계도 끝이 났지."

두 사람이 어떤 시간을 보냈는지는 모르지만, 마나에게
들은 이야기와 방금 유마가 한 이야기가 아이의 머릿속에
서 합쳐졌다. 마나는 엄마 때문에 유마와의 연애가 끝나자
집을 나왔다. 그리고 아이를 만났다.

"마나를 찾을 생각은 없었어요?"

"있었어. 당연히 있었지. 그런데 우물쭈물하는 사이에 시
간이 흘러서 찾는 타이밍이 늦어졌어. 그 결과, 너에게 다
다랐지."

"어떻게 저를…."

유마가 아무리 경찰이라고 해도 호적이 없는 아이의 과
거를 알아내기는 쉽지 않았을 것이다. 애초에 존재한 흔적
이 없는 대상을 찾아낼 방법은 없으니 말이다.

유마는 캔을 위로 들어 남은 커피를 끝까지 마셨다.

"내가 경찰이 된 첫해에 아버지가 병으로 돌아가셨어.
암이었어. 시한부 선고를 받고 반년쯤 뒤에 돌아가신 것
같아. 마나의 어머니와 헤어진 이후에는 재혼하지 않으셔
서 가까운 혈족은 나뿐이었으니 간소하게 장례를 마치고
아버지의 유품을 정리했는데, 스마트폰에서 마나의 사진
을 발견했어."

"유마 씨 아버지는 이혼한 뒤에도 마나에게 마음을 썼던

건가요?"

"그건 아닐 거야. 나한테 마나와 헤어지라고 했을 정도니까 틀림없이 마나의 어머니와 연을 끊고 싶으셨을 거야. 그런데 시한부 선고를 받은 뒤에 신변정리를 하셨나 봐. 그때 마나의 어머니께도 연락하셨더라고. 아버지 스마트폰에 남아 있던 문자메시지랑 통화 내역을 보고 알았어."

전 남편과 전 부인이 문자메시지를 주고받았다. 유마의 아버지에게는 성인이 된 마나의 사진이 있었고, 마나의 어머니에게는….

"그 말은…."

유마는 고개를 끄덕였다.

"네가 스즈쿠라 카즈키로 착각한 사진은 아마 내가 대학교 졸업 때 찍은 사진일 거야. 원래 우리 아버지는 내 사진을 갖고 싶어 하는 법이 없었는데, 그 당시에 갑자기 나한테 사진을 보내 달라고 한 적이 있었거든. 마나의 어머니가 왜 마나에게 그 사진을 보냈는지는 모르겠어. 어쩌면 두 분이 각자의 아들딸에게 보내기로 하고 사진을 교환한 것일 수도 있고, 나는 못 받은 걸 보면 마나의 어머니가 별뜻 없이 내 사진을 마나에게 보낸 걸지도 몰라. 확실한 건 마나가 '결혼 상대'라면서 너에게 보여준 건 내 사진이었다는 거야. 안 그랬으면 네가 나를 마나의 남편이라고 생각했을 리가 없지."

아이는 마나가 결혼 상대의 사진을 보여주던 때를 떠올렸다.

그때 아이는 '결혼하고 싶을 정도로 좋아했던 사람'에 대해 물었고, 마나는 '다정하고 이야기를 잘 들어주며 책과 커피를 좋아하는 사람'이라고 대답했다.

그 설명은 유마와 딱 맞아떨어졌다.

그때 마나는 진짜 남편인 스즈쿠라 카즈키가 아니라, 유마를 떠올리며 이야기한 모양이었다. 지난 3개월 동안 유마와 함께 살아본 아이 역시 유마가 그 설명에 들어맞는 사람임을 알고 있었다.

다만 아이에게는 아직 풀리지 않는 의문이 있었다.

"유마 씨, 꿈이 뭐예요?"

갑작스러운 질문에 유마는 "어?"라고 되물었다.

"내 꿈?"

"지금이 아니라 고등학교 3학년 때 꿈이요."

"…마나가 뭐라고 얘기한 적 있어?"

"멋있었다고 했어요."

유마는 상상도 못 했는지 순간 놀란 표정을 짓더니 작게 웃음을 터뜨렸다.

"마나가 그런 말을…. 그랬구나."

마나가 생각나서인지, 유마의 표정은 기뻐 보이면서도 어쩐지 슬퍼 보였다. 부드러운 공기가 유마를 감쌌다.

"대단한 건 아니야. 진짜 대단한 건 아니야."

유마는 자세한 이야기를 들려주지 않았다. 아이는 답이 궁금했지만, 더 이상 파고들면 안 된다는 생각이 들었다.

"그런데 어떻게 제 존재를 알았어요?"

"사진을 봤어. 방금 말했다시피 아버지의 스마트폰에 남아 있던 마나의 사진 말이야. 마나가 어머니께 보낸 게 너와 함께 찍은 사진이었거든."

유마가 보여준 스마트폰 화면에는 마나와 아이가 함께 있는 사진이 떠 있었다.

"이 사진 기억나?"

"…네."

아이는 사진 찍는 것을 좋아하지 않았다. 이 세상에 존재하면 안 된다는 말을 들어왔기 때문이리라. 애초에 어릴 때는 사진을 찍을 기회조차 없었다.

옛날에 사귀던 타다히토는 아이의 사진을 갖고 싶어 했지만, 아이는 극구 거부했다. 그래도 사진 몇 장 정도는 함께 찍었다. 다만 매번 우스운 표정을 짓거나 사진이 찍히는 타이밍에 일부러 눈을 감아서 제대로 된 사진은 한 장도 없었다.

하지만 집을 나오자 생각이 변했다. 마나와 옷을 코디하게 된 뒤로는 사진 찍기를 거부하지 않았다. 그렇게 찍은 사진이 돌고 돌아 결국 유마의 손에 들어갔다.

유마가 보여준 사진은 아이가 마나와 함께 새로운 코디를 생각하며 찍은 것이었다.

유마는 사진을 보며 "둘 다 즐거워 보여."라고 중얼거렸다.

갑작스럽게 찍힌 사진이었지만, 사진 속 아이는 활짝 웃고 있었다.

"즐거웠어요. 근데 이 사진을 보고 어떻게 저를…."

"정체를 들키기 싫었으면 TV 출연은 조심했어야지."

"TV… 아!"

유마가 '이제 알았구나'라는 표정으로 엷게 웃었다.

벤치에서 일어나 자판기 옆 쓰레기통에 캔을 버렸다. 계속 앉아 있어 몸이 뻐근했는지 가볍게 기지개를 켰다.

"회사 취재."

"맞아. 심야 위성방송이었던 데다 너는 조용히 일만 했고 사장님이 혼자 열심히 떠들었을 뿐이지만, 네 얼굴이 잠깐 화면에 비쳤잖아?"

"아주 잠깐 카메라를 보긴 했는데…. 그 장면까지 방송에 나왔나요?"

아이의 집에서는 위성방송이 나오지 않아 확인할 방법이 없었다.

"나왔고말고. 그 방송, 회사에서 보지 않았어?"

"안 봤어요."

"그래? 정말 잠깐이었어. 원래 매주 그 시간에는 다른 프로그램이 방송됐는데 그날은 우연히 편성이 바뀌었고, 해당 시간에 예약해둔 내 비디오레코더에는 네가 나온 방송이 녹화됐어. 그 덕분에 난 정지화면으로 널 확인할 수 있었지. 운이 좋았어. 아니, 네 입장에서는 운이 나빴다고 해야 하나? 너희 회사에 직원이 적은 덕에 회사명을 안 뒤로는 그리 어렵지 않게 너를 찾아낼 수 있었어. 그런데 난 마나에 대해 물어보려고 너를 찾은 거였는데, 어찌 된 영문인지 사람들은 화면에 비친 그 여자가 바로 스즈쿠라 마나라고 하더라."

유마도 처음에는 혼란스러웠던 모양이다. 마나와 함께 사진에 있던 모르는 여자가 마나라니. 순간 자신의 기억이 잘못됐나 싶었지만, 그럴 리가 없었다.

그리고 유마를 더더욱 고생스럽게 만든 것은 센다이에서 아무리 조사를 해도 마나와 함께 있던 여자의 정체를 알 수 없다는 사실이었다. 그 여자가 일했다는 곳을 찾아가 봤지만, 그녀의 얼굴을 기억하는 사람은 있어도 본명을 아는 사람은 없었다. 심지어 그 여자는 중개를 받아 여러 업소를 돌며 일한 탓에 신원을 보증해주는 사람도 없었다. 일하던 모든 업소에서 근무태도가 좋았다는 사실만 파악할 수 있었다.

"너에게 직접 물어보기 전에 가능한 한 많은 정보를 얻고 싶었어. 하지만 아무리 조사해봐도 너의 과거에 닿을 수는 없었어. 그때 나는 마나와 너의 연결고리를 찾으려고 너희가 일하던 업소를 하나하나 돌아다녔는데, 어느 날 너와 네 어머니를 안다는 사람을…, 아니, 조금 기묘한 모녀를 기억한다는 사람을 만나서 얘기를 들어봤지. ─자식을 학교에 보내지도 않고 밖에 내보내지도 않는 엄마가 있었다고 했어. 벌써 20년 전 일이지만, 인상에 강하게 남아서 아직도 잊히지 않는다고 하더라. 그때 조금 감이 왔어. 하지만 말도 안 된다고 생각했지. 다른 사람으로 신분을 위조해서 살 수는 없었을 거라고. 그런데 한편으로 나는 이 세상에 말도 안 되는 일이 얼마나 많이 일어나는지도 알고 있었어. 경찰의 일상은 평범한 사람들의 비일상이니까."

유마는 분한 듯 주먹을 꽉 쥐었다.

"아쉽게도 너희 어머니의 행방은 찾지 못했지만, 나한테 너희 모녀 이야기를 해준 사람은 최근까지도 마츠키 씨와 연락을 주고받았다고 했어. …그 사람도 마츠키 씨와 똑같은 죄목으로 복역한 적이 있으니 그 관계는 끊는 게 나을 것 같지만… 아무튼 내 입장에서는 네 과거를 알아내는 데 굉장히 유익한 정보였어. 마츠키 씨를 찾아간 다음의 일은… 설명할 필요 없겠지?"

아이는 고개를 끄덕였다. 오늘 마츠키가 아이를 바로 알아볼 수 있었던 이유는 그때 유마가 성인이 된 아이의 사진을 보여줬기 때문이었다.

마츠키는 아이가 어디에 있는지 몰랐지만, 아이의 과거는 알고 있었다. 그리고 유마는 마나로 신분을 위조한 현재의 아이가 어디에 있는지 알고 있었다. 답은 나온 것과 마찬가지였다.

"원래는 그 스토커 앞에서만 남편을 연기할 생각이었는데, 호다카가 사라진 뒤에도 너는 나를 남편으로 생각하더라고. 나는 그 이유도 궁금해졌어. 게다가 내가 남편인 척하면 자연스럽게 네 옆에 있을 수 있었지. 마침 근무 중에 다치는 바람에 잠깐 일을 쉬던 때라 여유가 있었거든. 하지만 언제까지고 일을 쉴 수는 없었어. 부상도 나았고 슬슬 복직해야 해서 나도 움직일 수밖에 없었지."

아이는 유마가 편지를 보낸 이유를 납득했다.

"시간은 걸렸지만…. 마나가 어떻게 세상을 떠났는지 알게 돼서 다행이야."

아이와 유마는 다시 차에 올랐다.

차창으로 들어오는 3월의 바람은 아직 차가웠다. 아이는 '그날도 이랬지.'라고 회상했다. 그날과 다른 점이 있다면 지금은 조수석이 아니라 운전석에서 핸들을 쥐고 있다는 것이었다. 조수석에는 유마가 앉아 있었다.

"너 운전할 줄 아는구나."

"지금 다니는 회사에 들어가고 생활이 안정된 뒤에 학원을 다녔어요. 도쿄에서는 운전이 필수가 아니지만, 마나한테는 면허가 있었으니까요."

그러나 운전할 일은 거의 없었다. 아이의 양어깨에 힘이 들어갔다. 지켜보던 유마에게도 그 긴장감이 전해졌는지, 조수석에서 "편하게 해."라는 목소리가 들려왔다.

"그래… 마나는 면허가 있었구나."

"몰랐어요?"

"마나가 면허를 딸 수 있는 나이가 되기 전에 헤어졌으니까."

"하지만… 알아내려고 하면 알아낼 수 있었잖아요?"

"경찰의 힘을 써서? 정식 수사가 아니고서는 위법이야. 내가 진짜 '남편'이었다면 마나의 정보를 쉽게 조회할 수 있었겠지만, 진짜 남편도 아닌 내가 멋대로 개인정보를 얻

으면 나도 범죄자가 되는 거거든. 마나를 찾는 건 가능한
한 내 힘으로 하고 싶었어."

그 말처럼 유마는 상당히 먼 길을 돌아 아이의 정체를
알아냈다. 방송사가 아이의 회사를 취재하지 않았다면, 유
마는 아직도 마나를 찾아다녔을지 모른다.

하지만 인생에는 단 1초만 타이밍이 어긋나도 모든 것이
뒤바뀌어 버리는 순간이 있다. 그래서 면허조차 딸 수 없
었던 아이가 지금은 운전을 하고 있다.

유마는 차창을 닫고 난방을 더 세게 틀었다. 뿜어져 나
오는 바람이 얼굴을 때렸다. 눈이 조금 건조했다.

"마나한테 면허가 있었다고 해서 너까지 면허를 딸 필요
는 없었잖아."

"가능한 한 마나와 비슷해지고 싶었어요. 처음 스즈쿠라
마나로 살게 됐을 때는 옷차림이나 외모도 비슷하게 꾸몄
고요. 저랑 마나는 이목구비가 비슷한지 같이 있으면 닮았
다는 이야기를 자주 들었거든요."

운전 중인 아이는 옆을 돌아볼 여유가 없었지만, 조수석
에서 날아오는 시선은 느낄 수 있었다. 유마가 자신의 얼
굴을 꼼꼼히 뜯어보는 느낌이 들자 안 그래도 익숙하지 않
은 운전 때문에 긴장되던 마음이 더욱 긴장되었다.

"닮지… 않은 건 아니지만, 역시 달라. 하지만 화장이나

머리 모양을 비슷하게 하면 처음 보는 사람은 못 알아볼
수도 있겠다."

"마나와 비슷해지기 위해서 운전을 배운 것이기도 하지
만, 그보다는 지금까지 못 했던 일을 해보고 싶다는 마음
이 더 컸어요."

돈과 시간에 여유가 없었기에 해외여행은 갈 수 없었다.
하지만 여권은 만들어두었다. 언제든지 손에 닿는 곳에 보
관했다. 원할 때 어디로든 갈 수 있다는 생각만 해도 아이
는 행복해졌다.

"네 호적을 취득할 생각은 안 해봤어?"

"당연히 했죠. 스무 살이 지나고 나서요. 그런데 관공서
에 갔더니 엄마가 살아 있으면 연락을 하라고 하더라고요.
저는 엄마가 어디에 있는지, 살았는지 죽었는지도 몰라요.
부모가 행방불명이어도 호적을 취득할 수 있다는 걸 나중
에야 알았는데, 그때는 이미 도쿄로 온 다음이었어요."

무슨 일이 있어도 부모와는 만나고 싶지 않았다. 만약
엄마를 찾게 된다면…. 호적을 계기로 엄마에게 연락이 간
다면…. 그런 생각이 들자 아이는 호적을 만들 마음이 사
라졌다.

그리고 평생 자신을 증명할 수 없으리라고 생각한 그 날,
마나에게서 임신 소식을 들었다.

어쩌면 그날, 아이는 자신과 마나의 차이를 뼈저리게 느꼈을 것일지도 모른다. 마나는 법적으로 결혼할 수 있었지만, 아이는 혼인신고를 할 수 없었다.

"가출한 뒤에 어머니를 만난 적 있어?"

"한 번도 없어요. 지금 어디에서 뭘 하는지도 몰라요. 한 곳에 오래 머무는 사람이 아니니까 전에 살던 동네에도 지금은 없을 거예요. 호적상으로도 무관한 사람이라 이미 죽었대도 저한테는 연락이 오지 않았겠죠."

"그럼 서로 어디 있는지 모른단 거구나."

"아이러니하죠. 사실 아무 관련도 없는 스즈쿠라 카즈키가 사망했다는 연락은 받으면서, 낳아준 친엄마는 어떻게 되든 알 수 없다는 게요."

"어머니를 만나고 싶어?"

아이는 빨간불에 차를 세웠다. 조수석 쪽을 돌아보니 유마와 눈이 마주쳤다. 아이는 눈을 피하지 않고 힘주어 말했다.

"아니요."

그 마음은 지금도 여전했다. 아마 앞으로도 변하지 않을 것이다. 사랑받은 기억도, 보살핌받은 추억도 없다. 피가 섞였을 뿐, 철저한 남이었다.

다만, '그럼 나는 누구일까.'라고 아이는 생각했다.

유마가 카오디오 전원을 눌러 라디오를 켰다. 이번에는 신나는 음악이 흘러나왔다.

신호가 파란불로 바뀌었다. 옆에 있는 차가 잽싸게 출발했다.

"이제 네 호적이 새로 만들어질 거야."

"…아이러니하네요. 범죄를 인정받기 위해서 내가 누구인지를 증명해야 한다니."

유마는 그 말에 대답하는 대신 조용한 공간을 메우려는 듯 라디오 음량을 키웠다.

잠시 침묵이 이어지다가 라디오가 다음 프로그램으로 넘어갈 때쯤 유마가 다시 입을 열었다.

"도쿄에 간 건 지진이 있은 직후였어?"

"네. 기회는 그때뿐이라고 생각했거든요."

지진이 발생한 뒤, 아이는 며칠 동안 피난소에서 지내다가 재해로 인한 혼란을 틈타 도쿄로 향했다.

유마는 "대단하다."라고 중얼거렸다.

"그때 도로랑 철로가 다 무너졌잖아. 설마 걸어서 이동한 건 아니지?"

"걷기도 했지만… 조금씩 차를 얻어탔어요. 어느 정도 이동한 뒤에는 기차도 다시 운행됐고요."

"아무리 그래도…. 집도 없이 어떻게 지냈어? 도쿄에 아는 사람이 있었어?"

"아무도 없었어요. 없어서 좋았어요. 모든 걸 처음부터 시작하고 싶었으니까."

만에 하나라도 아는 사람을 마주칠 것 같은 장소에는 되도록 발을 들이지 않았다. 그래서 예전과 똑같은 일은 할 수 없었다. 가진 돈이 적었던 아이로서는 술집이나 유흥업소에서 일할 수 없다는 것이 금전적으로 타격이 컸지만, 궂은일을 마다하지 않는 한 할 수 있는 일은 많았다. 이내 기숙사가 있는 직장에 운 좋게 들어갔다.

"야간 경비 같은 일을 했어요. 여자여도 받아주는 곳이 있었거든요."

아이는 깜빡이를 켜고 차선을 변경할 때면 늘 긴장이 되었다. 사이드미러와 육안으로 주변을 재차 확인하는데 뒤차가 경적을 울렸다. "지금 가면 돼."라는 유마의 조언에 힘을 얻어 아이는 핸들을 꺾었다.

"용감하다. 아무튼 그랬구나. 그때는 이미 스즈쿠라 마나로 살고 있었구나."

"네. 여태껏 해본 적 없는 일에 도전할 수 있다고 생각하니 그냥 다 즐거웠어요. 누가 억지로 시킨 게 아니라 내가 내 의지로 스스로 생각해서 움직일 수 있다는 게."

일이 익숙해진 뒤에는 부업을 시작했다. 처음 1년은 계속 일만 했다. 잠자는 시간을 제외하고는 항상 일했고, 틈틈이 공부도 했다. 그렇게 학교에 갈 준비를 하며 돈을 모았다.

"몸이 남아나질 않았겠다."

"죽을힘을 다해…, 아니, 죽어도 좋다는 생각으로 살았어요. 그 이전까지는 저한테 삶이란 게 없었으니까요."

일, 공부, 가난, 그 무엇도 힘들지 않았다. 노력은 배신하지 않으리라 생각했다. 처음으로 그 출발선에 설 수 있어서 이전과는 비교할 수 없을 만큼 행복했다.

"마나의 남편이 쫓아올 염려도 없었으니까?"

"불안하지 않았던 건 아니지만…. 마나의 남편이 죽었을 거라는 생각이 제 등을 떠밀었어요. 애초에 그 사람이 절벽에서 떨어지지 않았다면 제가 마나로 살 생각도 못 했을 거예요."

"그랬겠지. 스즈쿠라 카즈키가 어떤 사람인지도 조사해 봤는데, 마나가 왜 그런 사람과 결혼했는지 이해할 수가 없더라. 평판이 좋지 않은 놈이었거든. 마나가 결혼생활을 하면서 어떤 일을 겪었을지 상상만 해도 화가 치밀었어."

"처음에는 다정했대요. 사실 가면이었지만."

"만약 마나가 결혼 전에 스즈쿠라 카즈키를 소개해 줬다면, 넌 그 결혼을 말렸을까?"

"글쎄요…."

아이는 애매하게 대답했지만, 사실 이미 몇 번이고 자문해 본 질문이었다. 스즈쿠라 카즈키를 미리 만나 봤다면 아이는 마나의 결혼을 말렸을까?

그러나 아이의 대답은 늘 NO였다.

지금 돌이켜봐도 아이는 마나를 말리지 못했을 것 같다.

물론 어떤 결말이 기다리는지 알았다면 전력을 다해 반대했을 것이다. 하지만 아이가 말린다고 마나가 결혼을 포기했을까 하면, 그렇지도 않았을 것이다. 이미 아기가 생긴 이상 마나는 결혼을 향해 돌진했을 것이다. 그 결혼 상대가 마지막 순간에 아내를 절벽에서 밀려고 한 남자였음에도 말이다.

"어떤 사람이었을까요? 스즈쿠라 카즈키라는 사람은…."

유마가 작게 웃음을 흘렸다.

"아까 내가 보여준 사진 기억나?"

"마츠키 이모 사진이요?"

"그거 말고 내가 처음에 보여주고 실수라고 했던 남자 사진."

"네…. 그게 왜요?"

"그 사람이 스즈쿠라 카즈키야."

"네?"

"넌 정말 아무것도 몰랐구나."

아이는 그제야 유마가 자신을 시험했음을 깨달았다.

처음 보는 얼굴이었다. 지금 옆에 있는 유마와는 조금도 닮지 않은 사람이었다.

"하지만 마나가 결혼 상대라고 보여준 사진은…."

유마가 고개를 끄덕였다.

"나였어."

아이는 곁눈질로 조수석을 보았다. 유마의 옆모습이 쓸쓸해 보였다.

유마는 진실을 알고 더 깊이 후회할지도 모른다. 이전보다 훨씬 더 자신을 탓할지도 모른다.

그런 생각이 들자 아이는 조금이나마 유마의 마음을 가볍게 해주고 싶었다. 그렇게라도 은혜를 갚고 싶었다.

"…유마 씨, 저랑 자리 좀 바꿔줄래요?"

"난 괜찮은데, 왜?"

"역시 운전이 익숙하지 않아서 무서워요."

아이는 내비게이션 안내에 따라 바다가 보이는 주차장에 차를 세웠다. 시동을 끄고 나서야 양어깨가 딱딱하게 굳은 것을 깨달았다. 운전한 시간은 짧았지만, 그동안 어깨에 힘이 많이 들어간 모양이었다.

"잠깐 바다를 구경해도 될까요?"

"그래."라고 대답한 유마는 아이의 갑작스러운 행동이 의아했는지 고개를 살짝 갸웃했다.

아이는 차에서 내렸다. 주차장은 모래사장보다 조금 높은 장소에 있었다. 아이가 철책에 손을 걸치고 바다를 바라보고 있으니, 유마도 차에서 내려 그 옆에 섰다.

구름은 꽤 있었지만, 날씨는 나쁘지 않았다.

"그 얘기… 마나 얘기는 그걸로 끝이 아니에요."

"끝이 아니라고? 설마 마나는 지진이 있던 날 세상을 떠난 게 아니야?"

"아니요. 그날 마나가 죽은 건 확실해요. 다만…."

아이는 가방에서 면허증을 꺼내 유마에게 내밀었다.

"처음부터 제가 딴 면허가 아니고 마나가 딴 걸 갱신한 거예요."

영문을 모르겠다는 듯 눈을 가늘게 뜨던 유마의 얼굴에서 표정이 사라졌다.

"아까도 말했지만 저는 마나와 닮았다는 말을 자주 들었어요. 면허증에 있는 마나의 사진과 비슷하게 화장과 머리를 만지고 갔더니 면허를 갱신해주더군요. 나이가 어리기도 해서 사진과 생김새가 조금 달라도 의심받지 않았어요."

유마는 손으로 얼굴을 가려 자신의 표정을 감추었다. 감추어진 표정 뒤에서 수많은 정보를 머릿속으로 정리하는 것이 분명했다.

아이가 도쿄에 도착하자마자 마나로 살 수 있었던 이유는 자신을 증명해주는 물건이 있어서였다. 새로운 삶을 시작하는 출발점에서 면허증은 아이의 든든한 지원군이 돼주었다.

"아까는 흘려들었지만⋯. 생각해보니 너한테 면허가 있는 건 부자연스러워. 마나가 면허를 갖고 있었다면, 너는 스즈쿠라 마나로서 면허를 신규 취득할 수 없었을 거야."

유마의 목소리가 갈라졌다. 표정에 초조함이 묻어났다. 하지만 유마는 말을 하면서 차차 답을 찾아가는 듯 보였다.

반대로 아이는 차분했다.

"그래서 갱신한 거예요."

"하지만 방금 학원에 다녔다고⋯."

"장롱면허인 사람들을 위한 운전 연수를 받았어요. 면허는 있지만 운전에 능숙하지 않은 사람들을 위한 수업이요."

"그건 운전 경험은 적어도 면허는 있는 사람들이 듣는 수업인데, 넌 한 번도 운전한 적이 없었던 것 아냐?"

"책이랑 인터넷 영상으로 어느 정도 익힌 다음에 갔어

요."

"아무리 그래도…"라고 말하며 유마는 기가 막히다는 표정을 지었다. 당시 학원 강사들도 아이가 운전을 너무 못한다며 기막혀했다. 하지만 면허를 딴 지가 오래되었고, 한 번도 실제로 운전을 해본 적이 없다고 하자, 강사들은 생각보다 쉽게 아이의 말을 믿어주었다.

"그건 무면허 운전이야…"

아이가 "죄송해요."라고 사과하자, 유마는 무어라 말하려고 크게 숨을 들이쉬었다가 말없이 한숨을 내쉬었다.

"일단 운전은 그렇다 치고… 왜 네가 마나의 면허증을 갖고 있었어?"

유마가 매서운 표정을 지었다. 이미 어떤 답을 예상하는 모양이었다. 당장이라도 아이를 체포할 것처럼 조금씩 거리를 좁혀왔다.

"네 손에 면허증이 있고… 마나가 사라지면 네가 마나가 될 수 있을 거라고 생각했어? 외모도 비슷하겠다…, 스즈쿠라 카즈키가 죽은 지금이라면 마나가 될 수 있을 거라고… 그렇게 생각해서 네가 마나를…."

아이는 눈을 감았다. 유마를 마주 볼 수가 없었다.

오랜 시간이 흐른 만큼, 요즘에는 전보다 그 꿈을 꾸는 횟수가 적어졌다. 그래도 눈을 감으면 그날의 광경이 슬로

모션처럼 머릿속에서 되살아났다.

"지진이 온 뒤에 마나는 차를 타고 도망치자고 했지만, 저는 반대했어요. 도로는 여기저기 갈라졌고, 함몰된 곳도 있었거든요."

"…그랬겠지."

"저희는 한동안 도망칠 방법을 두고 싸웠어요. 하지만 시간이 흐를수록 상황이 나빠져서, 결국 마나도 차로 도망치기는 힘들다고 생각하게 됐죠. 대화하는 도중에도 계속 지진이 일어났거든요. 저희는 뛰어서 높은 곳으로 도망치기로 했어요. 그때까지만 해도 저랑 마나는 그다음에 어떤 일이 일어날지 예상하지 못했어요."

"그래도 높은 곳으로 도망치는 데는 성공했나 보구나."

유마의 목소리가 딱딱했다. 아이는 얼굴을 간질이는 바닷바람을 느끼며 이야기를 이어나갔다.

"맞아요. 하지만 저희가 처음에 피난한 곳은 야트막한 언덕 높이밖에 안 됐어요. 이 정도면 괜찮겠지 하면서 바다 쪽을 봤는데, 집채만 한 파도가 밀려오고 있었어요."

더 위로 가려 했지만, 경사면이 무너진 상태라 올라가기가 힘들었다. 하지만 그대로 있을 수도 없었다. 그러나 아이가 도망치자고 해도 마나는 이 정도면 괜찮을 거라며 꿈쩍도 하지 않았다.

유마는 신음하듯 말했다.

"재난이 발생했을 때 그렇게 소극적으로 행동하는 경우가 드물지는 않지만…."

탕 하고 금속이 부딪치는 소리가 크게 울렸다. 유마가 철책을 내려친 듯했다.

아이는 눈을 떴다.

유마는 철책을 손으로 붙잡은 채 무언가를 눌러 참듯 몸을 떨면서도 "계속해."라고 말했다.

"미적거릴 여유가 없었어요. 그래서 저는 어떻게든 둘이서 도망치려고 했는데, 여진 때문에 마나가 비탈길에서 발을 헛디뎌서…."

─아이, 살려줘!

그때 울부짖던 마나의 목소리가 여전히 귀에서 맴돌았다.

아이, 아이, 아이.

계속해서 아이의 이름을 부르던 그 목소리. 하지만….

지진 해일은 코앞까지 다가왔다. 마나는 경사면을 타고 아래로 조금씩 미끄러졌다. 아이는 옆에 있는 나무를 붙잡고 마나를 향해 한쪽 손을 뻗었다. 마나도 공포에 질린 얼굴로 죽을힘을 다해 아이 쪽으로 손을 뻗었다.

"저도 마나의 이름을 불렀어요. 하지만 제가 잡고 있던 나무 역시 당장이라도 쓰러질 것처럼 흔들렸고 시간이 없었어요. 그래도 전 어떻게든 마나를 붙잡으려고 나무에서 손을 떼고 마나를 향해 손을 뻗었어요. 그런데 그 순간… 다시 큰 지진이 와서…."

거기서 아이는 크게 심호흡을 했다. 그러나 거세게 뛰는 심장은 진정될 기미가 없었다. 항상 이랬다. 그때를 떠올리면 아이는 숨이 멎을 듯 괴로웠다. 하지만 이것만은 꼭 말해야 했다.

"정신을 차려보니… 저는… 제 손은 마나가 아니라 마나가 어깨에 메고 있던 숄더백 끈을 잡고 있었어요."

그 뒤로는 생각할 시간도 없었다. 아이는 떨어지지 않으려 애쓰며 가까스로 나무를 붙잡았고, 마나의 모습은 순식간에 사라졌다.

"피난하는 데 가방 같은 건 필요 없잖아."

유마는 목구멍 속에서 소리를 쥐어짜내듯 말했다.

아이는 지진이 발생한 후 차에서 내릴 때 마나가 귀중품을 챙겨야 한다고 우겼다는 이야기까지는 하지 않기로 했다.

마나의 죽음으로 인한 분노를 아이에게로 돌릴 수 있다

면, 유마는 죄책감에서 벗어날 수 있을 것이다. 아이는 그러기를 바랐다.

유마는 천천히 아이의 왼쪽 어깨에 손을 얹고 얼굴을 가까이 들이밀었다.

"네가 마나를 죽인 거야?"

마치 가면을 쓴 것처럼 유마는 무표정했다. 아이는 그가 무슨 생각을 하는지 읽어낼 수 없었다.

유마 입장에서 아이가 마나를 죽인 살인범인 것이 좋을지, 아닌 것이 좋을지 알 수 없었다.

아이가 대답하기를 망설이며 입을 다물자, 유마는 아이의 오른쪽 어깨를 마저 잡았다.

"조용히 있지 말고 진실을 가르쳐 줘! 제발 대답해."

감정을 주체하지 못하고 소리치는 유마를 보며 아이는 부러웠다. 역시 마나가 되고 싶었다. 자신을 사랑해주고, 자신을 위해 화내줄 사람이 이 세상에 있다면 얼마나 좋을까.

하지만 아이는 마나가 될 수 없었다. 되려고 발버둥 쳐봤지만, 이미 불가능하다는 것이 증명되었다. 그리고 유마가 무엇을 원하는지 알 수 없다면 직접 물어보는 수밖에 없었다.

"유마 씨는 어느 쪽일 것 같아요?"

"내가 그걸 알 리가 없잖아!"

"그렇죠. 근데 저도… 기억이 안 나요."

"뭐?"

"그때의 기억이 없어요. 떠올리려고 해도 도저히 떠오르지 않아요."

유마는 아이를 똑바로 쳐다보았다.

아이는 그 순간을 기억하지 못했다. 마나의 손을 잡으려다 우연히 가방이 손에 걸린 것인지, 아니면 아이가 가방을 선택한 것인지.

생각하고 움직이기에는 시간이 너무나 촉박한 상황이었다. 그렇다면 아이의 깊은 내면에 있는 무의식은 어떠했을까—.

계속해서 생각했다.

생각하고, 또 생각했다. 그런데도 답은 나오지 않았다.

그래서 차라리 누군가가 답을 내려주기를 바랐다. 비록 그것이 진실과는 다른 결론이라 할지라도, 유마가 내린 답이라면 받아들일 수 있을 것 같았다.

"가르쳐줘요…. 유마 씨가 저를 살인범이라고 생각한다면 저도 경찰서에서 그렇게 진술할게요."

"그건 내가 정할 수 있는 게 아니야. 진실은 너밖에 몰라."

"하지만 저도 모르는걸요."

아이가 중얼거리자, 유마는 퍼뜩 정신이 든 듯 어깨에서 손을 뗐다. 잠시 자신의 손을 바라보다가 바다 쪽으로 시선을 던졌다.

바다는 그날 일이 거짓이라는 듯 잔잔하게 물결쳤다. 잠시 말없이 바다를 바라보던 아이는 유마의 분노가 촛불처럼 순식간에 사라졌음을 느꼈다.

"있는 그대로 얘기해. 모르면 모른다고 경찰들한테 말해."

"그치만…."

"모르는 게 진실이니까 그걸로 됐어. 그 대신 넌 기억이 날 때까지 계속 생각해. 그리고 만약 답을 알게 되면 나한테 알려줘."

왜인지는 모르겠으나, 유마는 '모른다'는 아이의 답을 받아들여 주었다. 아이는 무슨 말이라도 해야 할 것 같았지만, 아무 말도 할 수 없었다. 대신 눈물이 터져 나왔다.

"계속 생각해봐도 모르겠으면요?"

"더 생각해봐."

"하지만 그렇게 되면…."

"마나에 대한 내 후회는 네가 뭘 하든 사라지지 않아. 그러니까 너는 너만 생각해."

혹시 아이의 마음을 가볍게 해주려는 의도일까.

다르게 생각하면 마나는 자기 사람이라고 선을 긋는 것 같기도 했다. 아이는 유마의 마음속에 들어올 수 없다고 선언하는 듯한 느낌도 들었다.

"역시 저는 마나가 될 수 없었군요."

"당연하지. 마나는 한 사람뿐이니까."

아이는 가슴이 저릿했다.

유마가 차 쪽으로 가더니 아이에게 조수석에 앉으라고 말했다. 아이는 순순히 그 말을 따랐다.

유마는 자동차 시동을 걸고는 "하지만…"이라고 입을 열었다.

"마나가 한 사람뿐이듯이 카미사카 아이도 한 사람뿐이야. 적어도 나는 너를 카미사카 아이로 생각해왔어."

"…언제부터요?"

"다녀왔어—라고 말한 순간부터."

유마가 거짓말을 하는 것 같지는 않았지만, 아이의 가슴 속 통증은 사라지지 않았다.

그런 아이의 불안감을 알아차렸는지 유마는 "괜찮아."라고 분명하게 말했다.

"이 세상의 모든 것이 평등하지는 않지만, 행복을 바라는 마음만큼은 누구에게나 평등하니까."

"…바라는 마음은 평등하다고요?"

"그래."

절대 경험하지 못할 줄 알았던 순간을 맛본 지난 3개월은 아이의 인생에서 가장 행복한 시간이었다.

만약 시신이 발견되지 않았다고 해도 스즈쿠라 카즈키가 계속 행방불명 상태였다면, 언젠가는 사망 처리가 되었을 것이다. 그러면 아이는 결혼을 할 수 있었을지도 모른다. 하지만 아이는 리스크를 최대한 줄이기 위해 평생 혼자 살아야겠다고 생각해왔다.

그러던 어느 날 '남편'이 돌아왔다. 아이는 잠깐이나마 결혼생활을 맛보았다. 가족과 함께하는 시간을 경험할 수 있었다.

그 이상 바라는 것은 없었다.

"행복한 시간을 만들어줘서 고마워요."

유마의 얼굴이 슬프게 일그러졌다.

마나의 손을 잡지 못한 아이는 역시 행복할 자격이 없는 것일까.

아이의 불안을 눈치챘는지, 유마는 고개를 저으며 "이걸로 끝이 아니야."라고 말했다.

"모든 게 마무리되면, 카미사카 아이의 시간이 시작되는 거야."

그만. 그렇게 거짓된 희망으로 나를 더 괴롭히지 마.

그렇게 소리치고 싶은 마음을 억누르며 아이는 떨리는 목소리로 대답했다.

"저는 지금까지 손에 넣은 걸 전부 잃어버렸어요. 이제 저한테는 아무것도 없다고요."

"맞아. 잃은 게 수없이 많지만, 분명 손에 넣은 것도 있을 거야."

"…뭐가 있는데요?"

"그 시간이 행복했던 사람은 아이 혼자만이 아니거든."

유마는 천천히 액셀을 밟았다.

창밖으로 펼쳐진 바다는 평온해 보였다.

5년 전 마나가 다다르지 못한 곳을 향해 아이를 태운 차가 달려갔다.

옮긴이 권하영

일본 출판물 기획 및 번역가. 한국외국어대학교 일본어통번역학과를 졸업하고, 이화여자대학교 통역번역대학원에서 한일번역을 전공하였다. 《전남친의 유언장》,《루팡의 딸 2》등을 우리말로 옮겼다.

죽은 남편이 돌아왔습니다

초판 2021년 10월 20일 1쇄
저자 사쿠라이 미나
옮긴이 권하영
ISBN 979-11-90157-38-4   03830

출판사 도서출판 북플라자
주소 서울특별시 강남구 논현동 118-13 북플라자 타워 5층
홈페이지 www.bookplaza.co.kr

영화 판권, 오탈자 제보 등 기타 문의사항은 book.plaza@hanmail.net으로 보내주세요. 잘못된 책은 구입하신 서점에서 교환해 드립니다.